# ダーファイズ

井上敏樹

講談社キャラクター文庫 004

デザイン／出口竜也（竜プロ）

目次

# プロローグ

園田真理《そのだまり》は雪が嫌いだった。

特にクリスマスに降る雪が。

今、真理は流星塾《りゅうせいじゅく》の小さな窓を吐息で白く曇らせながら、夜空から舞い落ちる貝殻《かいがら》のような雪を見ていた。

雪が止めばいいと思う。

クリスマスなどなくなってしまえばいいと思う。

真理の背後では暖炉の炎が暖かく燃え、飾り付けの終わったツリーが七色に輝き、流星塾の仲間たちがパーティの準備をしているところだった。

運ばれてくるフライドチキンやクリスマスケーキ、そしてみんなの笑い声。

真理にとってこれが八回目のクリスマスだった。

六回目までは楽しかった。

七回目のクリスマスの日、真理は両親を失った。

あの日、真理は両親と一緒にホテルのレストランに食事に出掛け、そして火事に巻き込まれた。

助かったのは真理だけだった。

凄《すさ》まじい白煙と炎の中から助け出された真理は、巨大な墓標のようにそそり立つ焼けたホテルの中から運ばれてくる両親の死体と対面した。

真っ黒に焼け焦げた父さんの死体、母さんの死体。

いつの間にか雪が降り始めていた。

雪は二つの死体に降りかかり、ゆっくりと消えた。

焼死体の発する熱が繰り返し雪を溶かしていく。

それは、父と母のまだまだ冷めることのない生きることへの情熱のように感じられた。

ふたりとも、白い色で顔を覆《おお》われることを拒《こば》んでいるみたいだった。


だから真理はクリスマスが嫌いだった。

雪が嫌いだった。

だが、流星塾の中でそんなふうに感じるのは真理ひとりだけだったろう。

その証拠に、楽しそうなみんなの声が部屋中に溢《あふ》れている。

真理と同じように孤独な境遇の子供たちにとって、クリスマスは一年中でいちばん楽しいイベントなのだ。

両親を亡くした子供たちの面倒を見る養護施設——それが流星塾だった。

楽しそうな笑い声の中に、やがて泣き声が混じった。

また、草加雅人《くさかまさと》がいじめられている。

理由のないいじめ——ただいじめたいからいじめる。

体の小さい喘息《ぜんそく》持ちの雅人は、そういったいじめの恰好《かっこう》の獲物だった。

塾生の中でいちばんの美人の木村沙耶《きむらさや》が注意しても雅人をいたぶる男の子たちは誰も言うことをきかない。

泣き続ける雅人は喘息の発作を起こし、顔中が涙と鼻水とよだれでぐちゃぐちゃになった。


そんな雅人を真理はいつも助けてきた。

雅人を助けることによって今度は真理がいじめられることもあったけれど、真理は全然めげなかった。

まるで頭から突っ込んでくるような真理の抵抗に、いじめるほうがびっくりした。

草加雅人は真理に助けられるたびに涙を拭《ぬぐ》い、はにかんだように微笑《ほほえ》み、自分の立場の悪さを誤魔化《ごまか》すように耳の裏を掻《か》いた。

真理は何度そんな雅人の表情や仕種《しぐさ》を見たことだろう。

必然的に真理と雅人は流星塾の中でいちばんの仲良しとなった。

そんな雅人にも、なぜ真理がいつも自分を助けてくれるのか分からなかった。

それは真理だけが知る秘密であり、約束であった。

ホテルの火事に巻き込まれ両親が死んだあの日、なぜ真理だけが助かったのか。

両親とはぐれ、白煙に巻き込まれた真理の手を誰かが握った。

それは会ったこともない真理よりも少し年上の男の子だった。

歩く力もない真理を背負い、少年は炎と煙の中を突き進んだ。

少年の背中にしがみつき、真理はただ目を閉じ歯を食いしばっていることしかできなかった。

真理は少年の鼓動を胸に感じた。

その鼓動に意識を集中すると、不思議と頭が爆発しそうな恐怖が薄らいでくる。

暗闇の中に見える一筋の光のように。

そうして気が付くと、真理はホテルの外に立っていた。

真理を助けてくれた少年の姿はどこにも見えない。

ただ少年の背中の温もりと確かな鼓動の記憶だけが真理の胸に残っていた。

両親の死の悲しみが癒《い》えてからも、真理はあの少年を忘れたことはなかった。

真理はあの少年の存在を、何か不思議な力の顕現《けんげん》と思うようになっていた。

不思議な、でも正しい力……真理はそんな力が自分にも宿ればいいと思った。

強く生きたい。正しく生きたい。

それは真理にとっていつの間にか、あの少年との約束になった。

強く生きる。正しく生きる。

だから真理は雅人を助けた。

真理はその約束を誰にも語ったことはなかった。

これからも語ることはないだろう。

だが真理はどんなに難しい約束をしてしまったのか、まるで理解していなかった。

約束という意味すらも。

本当の約束というものは、たとえ本人が忘れてしまっても何度も立ち現れては人の運命を狂わせていく。

# 第一章～一八章

# 第一章

めっちゃ暑い、と真理は思った。

まるで太陽がレンズのように膨《ふく》らんで人間を焼き殺そうとしているみたいだ。

そういえば子供の頃、レンズの光でありんこを焼き殺したことがあるけれど、もうあんな真似は絶対しない。あの時のありんこの気持ちがよく分かる。

ありさん、ごめんなさい。

「ねえ、クーラーつけようよ、啓太郎《けいたろう》」

菊池《きくち》クリーニング店の配達用バンの中で、とうとう真理は音を上げた。もうこれ以上我慢できない。

「ダメだよ真理ちゃん、体に良くないからさ。これぐらいの暑さ、我慢しなくっちゃ」

予想通りの菊池啓太郎の答えが返ってくる。

この男、本当に人間か。

「じゃあ、せめてラジオ消してほしいんだけど」

スピーカーからは夏の甲子園の熱闘を伝える実況中継が流れていた。

それがまた暑苦しい。

「何言ってんだよ、真理ちゃん。甲子園だよ、甲子園。青春だよ、青春」

確かに、と真理は思った。青春、それはそうだ。でも……。

真理はラジオをつけっぱにすることを許す代わりに、強引にクーラーをつけた。

何しろこっちは溢《あふ》れる汗でTシャツの下のブラが透けて見える状態なのだ。

いくら相手が啓太郎でも、これ以上サービスするわけにはいかない。

——まあ、啓太郎は私のブラなんかに興味ないだろうけど——

ただ、真理は今日、特別なブラをしていた。寄せて上げるというオシャレなブラだ。

今まではずっとバーゲンで買った九八〇円のおばさんブラをつけていた真理にとってそれは初めてのことだった。おおげさに言えば一世一代の冒険と言ってもいい。

いくら啓太郎でも自分が寄せて上げるブラをしているという女の部分を知られるのは恥ずかしい。というかなんか嫌だ。

真理がクーラーをつけた直後、啓太郎はチラッと横目で真理の顔色をうかがいながらスイッチを切った。すぐにまた真理がクーラーをつける。

啓太郎が消す。真理がつける。

ギブアップしたのは啓太郎だった。

ブチ切れた真理の怖さをよく知っていたからだ。

勝った、と真理は低次元な喜びに浸《ひた》りながら汗で素肌に貼りついたTシャツを引きはがし体中に冷たい風を流し入れた。


真理は何度か啓太郎の前でブチ切れたことがある。

一度目は真理が啓太郎の菊池クリーニング店に居候するようになってまだ間もない頃――ただで部屋を借りるのは悪いから店の仕事を手伝おうとしたのがきっかけだった。

啓太郎の言う通りに洗濯物にアイロンをかけようとしてもどうしてもうまくできない。自分ではバッチリと思っても啓太郎はいちいち超細かい指示を与える。なにしろ一ミリでもパンツやシャツの折り目がずれたりしただけで口をとんがらせて文句を言うのだ。

真理はついにブチ切れてアイロンをアイロン台の上にドンッと置いた。と言っても暴れたわけではない。

まず、真理はアイロンを置いた後、チロッと舌を出して上唇をなめた。

後で分かったことだけど、それが真理がブチ切れる時の合図だった。

それから真理は二階の自分の部屋に上がり、スカートをジーパンにはき替え、なんだかとても冷静な表情でゆっくりと中庭に降りてきた。

そして二階建ての菊池家の屋根よりも高い桜の樹にするすると登った。

まるで猿のように見事な木登りの技だった。

だが、啓太郎は感心してばかりはいられなかった。

樹のてっぺんに登った真理は夜になっても次の日の朝になっても降りてこなかったからだ。

樹の枝に跨《またが》ったまま、真理は桜の葉っぱをむしり取った。折り紙を折るようにその葉っぱで船を折り、庭に投げる。段々と桜の樹が裸になり、庭に船が溜《た》まっていく。

啓太郎にはなぜ真理がそんなことをするのかさっぱり理解できなかった。

大体、桜の樹にはなんの罪もないじゃないか。かわいそうに。

二日目の夜になって啓太郎は真理を理解しようとする努力をやめ、試しに謝ってみることにした。

真理ちゃん、ごめんなさい、ぼくが悪かったからもう許して、お願いだよ、真理ちゃん。

半べそ状態の啓太郎の言葉に、ようやく真理は樹から降りることに同意した。

だが、この事件はこれで終わりではなかった。

樹から降りた真理は今までにない集中力を見せ、猛然とクリーニング屋の仕事を学び始めた。三日間、ほとんど寝ないで勉強した。そうしてクリーニングに関する全ての仕事をほぼ完璧に身につけてしまったのだった。

次に真理がブチ切れたのは菊池クリーニング店に居候するもうひとりの男のせいだった。

この男が真理が作った夕食の料理に文句をつけたのだ。

真理にしてみれば、絶対自信作の茶碗蒸しだった。

それをその男は、

「熱い！」

とほざいた。

「人間の食うもんじゃない！」

と叫んだ。

「無神経な女め！」

と真理を指さして糾弾《きゅうだん》した。

要するにこの男は人類史上稀《まれ》にみるほどの超絶的な猫舌だったのだ。

しまいには、お前は人間ではない、鬼だ、今すぐここから出ていけ、とまで言われ（自分も居候のくせに）、ついに真理はチロッと舌を出して上唇をなめた。

翌日から真理はこの猫舌男に特別メニューの料理を作った。

カチンカチンに凍らせた料理を。

みそ汁、ご飯、ラーメン、すき焼き、トースト、サラダ……等々、とにかく全てが冷蔵庫の急速冷凍で凍っていた。普通なら暖かい湯気を立ちのぼらせるはずの料理が見ているだけで寒くなりそうな真っ白い冷気を上げていた。

だが、猫舌男も頑固《がんこ》だった。真理に謝るより氷の料理を全て胃袋におさめるほうを選んだ。

アイスピックで凍った料理を適当に砕き、ジャリジャリと音を立てて咀嚼《そしゃく》した。

そんなふたりのよく分からない争いが二日も続くと、関係のない啓太郎まで気分が悪くなってきた。いや、気分が悪いどころじゃない。なんだか怖い。このままではこの家の中に流れる自然の摂理までが変になってしまいそうな感じだった。

仕方なく啓太郎は猫舌男の代わりに真理に謝ることにした。

真理ちゃん、ごめんなさい、ぼくが悪かったからもう許して、お願いだよ、真理ちゃん。

配達用のバンは炎天下の陽炎《かげろう》の中をゆらゆらと走り続けている。

啓太郎は必ず制限速度を守る。三〇キロなら三〇キロ。一キロたりともスピードオーバーはしない。

いくら規則だからと言ってマジで制限速度を守る車なんてそう滅多にいるもんじゃない。

他の車が次々と啓太郎のバンを追い抜いていく。

ラジオからは相変わらず高校野球の実況中継が流れていた。

その放送を聞きながら、真理はさっき啓太郎が言った青春という言葉を思い出していた。

——セイシュン、か——

真理は思う。嫌な言葉だ。なんだか汗臭いし、嘘臭いし、うさん臭い。

――でも、ちょっと待て。もしかして私、ひがんでんのかも――

一六歳の真理は普通だったら高校生のはずだ。セーラー服を着て、おしゃれに興味を持ちラブラブのカレシがいて、もしかして野球部のマネージャーぐらいしていたかもしれない。

――それなのに私は……――

真理のセイシュンはひかえめに言っても普通ではない。異常だ。

だが、すぐに真理はそんなネガな考えを啓太郎に気付かれないように首を振って追い払った。

――高校に行ってないからってなんだ。私にだって夢はあるし……――

それに寄せて上げるブラだってしている。まだ誰にも言ってないけど超かっこいいカレシだっている。

「ねぇ、真理ちゃん」

啓太郎が声をかけた。「本当にメロンで良かったかな。中曾根《なかそね》さんのお見舞い」

嫌なことを思い出した、と真理は思った。

中曾根さんか……セイシュンについて考えていたほうがずっとましだったのに。

配達用のバンに乗ってるといっても、真理と啓太郎は洗濯物の配達をしているわけではなかった。いつも菊池クリーニング店に汚れ物を持ってくる、お得意さんのお見舞いに行く途中だったのだ。真理は中曾根というそのお客が苦手だった。どうも真理に気があるような感じがする。

仕事なので真理も一応は愛嬌《あいきょう》をふりまく。

「いらっしゃいませ」

と笑顔を見せ、

「ありがとうございました。またよろしくお願いします」

と、時には小首をかしげて可愛らしさを演出する。だが、それは仕事だ。営業だ。

それが中曾根さんには分かっていない。

中曾根さんが菊池クリーニング店を訪れる時、真理はいつも「赤いトドが来た」と心の中で呟《つぶや》いてしまう。超肥満体質の彼はいつも赤いジャージを着込み、さらに夏だというのに赤いマフラーを巻くという信じられない恰好《かっこう》でやってくるからだ。

なぜそんな奇妙奇天烈《きてれつ》な服装なのか。

中曾根さんはダイエットをしているのだ。その姿で自転車に乗り、街中を疾走する。

ある意味、街の名物となっていた。

そんな中曾根さんがクリーニングに出す汚れ物は、決まってトレーニングに使用したジャージとマフラーだった。その全ては中曾根さんの汗を吸い込んだためか、鼻をつんざくようなすえた臭いを発していた。

中曾根さんはやがて真理にプレゼントを持ってくるようになった。

瓶入りのフルーツ牛乳だった。

フルーツ牛乳?

なんで?

しかも牛乳屋に瓶を返さなくてはならないからと、今、飲んでくれと懇願《こんがん》する。

一刻も早く中曾根さんの呪縛から逃れたかった真理は、いつもそのフルーツ牛乳をイッキ飲みした。赤いトドの不気味でイヤらしい視線を全身に浴びながら。

客じゃなかったらはっ倒すぞ。まさに中曾根、泣かそーね、だ。

ところがある日、中曾根さんはぱったりと姿を現さなくなった。

ホッと胸をなで下ろしていた真理だったが、どこから聞きつけてきたのか啓太郎が中曾根さんの情報を教えてくれた。

どうやら、いつものようにジャージにマフラー姿で自転車を漕《こ》いでいたら、そのマフラーが車輪に巻きついて転倒――大怪我をして入院してしまったらしい。

さすがにちょっとかわいそうかもしれない。

そんなわけで真理は啓太郎にひっぱられ、中曾根さんのお見舞いに行くことになったのだ。

「ねぇねぇ、真理ちゃん、聞いてるの？」

尚も啓太郎は声をかけ続ける。「ねぇねぇねぇ」

啓太郎はしきりにお見舞いのメロンのことを気にしている。

ねぇねぇねぇねぇうるせえな、この男……。

「大丈夫だよ、啓太郎」

真理は答える。「中曾根さん、きっと大喜びだよ」

お見舞いの品なんてどうでもいいんだ、と真理は思う。

メロンでも大福でも、ポリバケツでも壊れた時計でも……。

——要するにこの私が行けばあの人はハッピーなんだからさ——

ラジオから流れる甲子園の試合は、延長戦の末ようやく決着がついたみたいだった。

勝ったほうの応援席から嵐のような歓声が聞こえてくる。感動的なフィナーレ。

ふと真理は突然、なんだかとっても不思議な気持ちに襲われた。

ラジオの向こうで熱いセイシュンを送っている彼らは、本当に同じこの世界の住人なんだろうか。あまりにも住む世界が違いすぎる。

「ねぇねぇ、真理ちゃん。そういえばさ、最近結構平和だよね」

前方に現れた白い病院の建物を見つめながら、真理は少し複雑な気分でため息をついた。

甲子園で熱い汗と涙を流している彼らは、きっとまだ奴らの存在に気が付いてないのだ。

最近、奴らに出会っていない。中曾根さんよりもおぞましいあの怪物たちに。

でも言いたいことは分かる。

また、ねぇねぇ、か……。

啓太郎が言う。


病室に着いてみると、驚いたことに中曾根さんはここでも赤いジャージを着込み、ベッドの上であぐらをかいて座っていた。

首のギプスが痛々しいけれど、結構元気そうだ。これじゃ当分マフラーは巻けない。

真理の隣で啓太郎は大事そうに一個一万円の夕張メロンを抱えている。

病室まで案内してくれた若い看護婦さんが、甲斐甲斐《かいがい》しく中曾根さんの面倒を見る。

乱れた毛布を直し、中曾根さんの首に巻かれたギプスの具合を確認する。

――また太ったんじゃない？――

中曾根さんを見て真理は思った。

赤いジャージの裾《すそ》からドロンと贅肉《ぜいにく》がはみ出ている。はみ出した贅肉にはアーモンドぐらいのホクロができていて、ホクロから生えている一本の真っ黒い毛を中曾根さんは指先でいじっていた。

啓太郎がメロンを渡そうとしたとき、窓から風が吹いて真っ白いレースのカーテンを揺らした。

目にホコリが入った。真理は目をこすった。啓太郎もやっぱり目頭を押さえている。

ドシャッと音がして、看護婦さんの体が灰になって崩れた。

目に入ったのはホコリではなかった。

看護婦さんの体から流れる灰の粒子が真理の眼球を突き刺したのだ。

今や看護婦さんの体は完全に消滅し、風にあおられた灰の破片が部屋いっぱいに乱舞している。

さっき、配達用のバンの中で、最近平和だよねと啓太郎は言った。

そう、奴らが現れないからと真理は思った。

だが、その平和は一瞬のうちに消し飛び、啓太郎は奴らの名前を大声で叫んだ。

「オルフェノク！」

この病院のどこかにオルフェノクがいる。

普段は人間の姿をしているので、奴らを特定するのは難しい。

とにかく中曾根さんをここから連れ出さなくてはならない。

もう、好きだの嫌いだの言っている場合ではない。

真理は中曾根さんの手を握りベッドの上から引きずり下ろした。

中曾根さんはその手を振りほどくとベッドの下から紙袋を引っ張り出し、それを大事そうに小脇に抱えるともう一度真理の手を握りしめた。

紙袋の中には何本かのフルーツ牛乳の空き瓶が入っている。

——もしかして、私が飲んだヤツじゃん——

あー、キモい。何を考えているんだ、こいつ……。

それでも真理は中曾根さんの手を引き、全速力で走り始めた。

後ろを走りながら啓太郎は携帯電話を耳に当てる。

「た、大変だ！　オルフェノクが！」

電話の相手が誰なのか真理には分かっている。

あの猫舌男だ。嫌な奴だけど、こういう時に頼れるのはあいつしかいない。

病院を出ると、ムッとする夏の日差しが壁のようにぶつかってきた。

だが、もうそんな暑さは気にもならない。

中曾根さんと一緒に真理と啓太郎はアスファルトの上を走り続けた。

中曾根さんの紙袋の中でガチャガチャと空の牛乳瓶が音を立てる。

走りながら、真理は手の中に何か嫌なモノを感じた。真理は中曾根さんの手を握っているはずだ。でも、感触が違う。ヌルヌルとした粘着質な手触り。走りながら、真理は恐る恐る後ろを振り向いてみた。そして悲鳴を上げ、手を離した。

そこにいたのは中曾根さんではない。

オルフェノクだった。

いつの間にか中曾根さんはオルフェノクに変貌《へんぼう》していたのだ。

誰かがオルフェノクになる場合、まずその人間は死を経験する。死から蘇《よみがえ》り、時として人はオルフェノクになるのだ。恐らく中曾根さんは入院することになったあの事故に直面したとき、命を落としたに違いない。

その後、病院で息を吹き返し、オルフェノクに変貌したのだ。

中曾根さんは今、ナメクジタイプのオルフェノクに姿を変えていた。

夏の日差しを浴びて体中がぬめぬめとてかり、頭から突き出た二本の触角の先端でビー玉のように丸い眼球が光っている。ギロッとその目玉が真理を見つめた。

「お、おいこら。やめろ！」

啓太郎が叫んだ。

おいおい、と真理は思う。腰を抜かした恰好でそんなこと言っても意味ないじゃん。

それに、いつまでメロン抱えてるんだ、この男……。

オルフェノクとなった中曾根さんはそれでもまだ紙袋を抱えていた。

袋の中から空の牛乳瓶を取り出し、長い舌でペロペロと瓶の外側と内側を舐《な》め始める。

──わ、分かったから！──

真理は心の中で絶叫した。

そんなに私の飲み干した牛乳瓶が好きなら、いつでも飲んであげるから。

だから来ないで！

だがオルフェノクは牛乳瓶を投げ捨て、グチャリと巨大な足で踏み潰《つぶ》した。

唾液《だえき》の滴《したた》り落ちる紫色の舌が、ゆっくりと真理の体に近付いてくる。

──こいつ、やっぱ牛乳瓶じゃ我慢できなくなったか……──

湧《わ》き上がってくる恐怖心を押さえ込むように、真理はきつく目を閉じた。

オルフェノクに襲われた人間は灰になって消滅する。さっきの看護婦さんみたいに。

──いやだ、死にたくない──

オルフェノクの舌が真理の体に触れようとした瞬間、バイクの爆音が近付いてきた。

猫舌男だった。

急ブレーキの音が悲鳴のように響きバイクが停まると、フルフェイスのヘルメットを脱ぎ、茶髪の青年が顔をさらした。

乾巧《いぬいたくみ》──それが猫舌男の名前だった。

「タッ君！」ようやく啓太郎が立ち上がった。

「巧、遅いって！　何やってたの！」真理が抗議の声を上げる。

「だって、外、暑いだろ。かったるいんだよ、でかけるの」

巧が悪びれもせず、しれっと答えた。

「もしかして、クーラーの中で涼んでた？」

「ああ」

「私たちがこんな目に遭《あ》ってるっていうのに……信じられない！　少しは甲子園球児を見習いなさい！」

「っていうか、タッ君、仕事は？　アイロンがけは？　プレスは？　してないの!?　またサボってたの!?」

「ゴチャゴチャうるせぇなぁ。文句言うために呼んだのかよ」

オルフェノクがギロリと巧を睨《にら》んだ。声とも呼吸とも判別のつかない奇怪な音を発し、じりじりと巧に近づいていく。

「違うだろ。おれを呼んだのは……コイツをなんとかするためだ」

巧はオルフェノクの視線を受け止めながら携帯電話型ツールを取りだし、コードを入力した。

５５５。

「変身！」

腰に装着した機械作りのベルト——その中央に位置するホルダーにガッと携帯電話型ツールを叩《たた》き込む。次の瞬間、超金属ソルメタルが巧の全身を覆った。

一瞬で、仮面の超人が誕生した。

超金属の騎士——ファイズ。

それが乾巧のもうひとつの名前だ。

オルフェノクは体中から鞭のような触手を伸ばしファイズを狙った。

両手両足に触手が巻きつき、ファイズは身動きが取れない。

「巧！」

「タッ君！」

真理と啓太郎が同時に叫んだ。

ファイズを捕獲してオルフェノクは大きな口を歪《ゆが》め低く笑った。

笑いながらピンク色の唾液をファイズに向かって吐きつける。

ファイズが身を屈めてかわすと、落ちた唾液がジューッとアスファルトを溶かした。

「きったねぇなぁ、何しやがる！」ファイズが言う。

変身しても声は巧のままだ。

「人に向かってツバ吐いてんじゃねぇ！」

巧の怒り、ファイズの怒りが爆発した。

夏の太陽に向かってファイズが思い切りジャンプする。

その勢いに、手足に絡《から》みついていたオルフェノクの触手が切断された。

ファイズの体と太陽が重なり、その眩《まぶ》しさに思わず真理は目をつぶった。

ファイズは大空から舞い降りながら必殺のキック——クリムゾンスマッシュをオルフェノクに放った。凄《すさ》まじい衝撃が敵の体を貫通していく。

オルフェノクの動きがぴたりと止まり、その体内から青い炎が燃え上がった。

やがて五〇〇キロはありそうな肉のかたまりが炎の中で灰となりぐしゃりと崩れる。

勝利を見届け、歓声を上げながら啓太郎と真理がファイズに駆け寄る。

ベルトに装着した携帯電話型ツールを外し、巧は変身を解いた。

「ほら、帰るぞ」

巧が言う。「おれ、嫌なんだよ、暑いの。あ〜、かったり〜」

やる気のない巧の言葉だった。

——やっぱりこいつ——

真理は思った。

なんか嫌だ。気に食わない。

# 第二章

陽が傾き始めても少しも涼しくならない。

菊池クリーニング店の仕事場はアイロンや乾燥機、プレス機など高温を発する機械類のせいでほとんどサウナ状態だった。クーラーを最強にしてもまるっきしだめだ。

真理はトイレに行くふりをしてシャワーを浴びようかと思ったが、その手はもう今日一日で三回も使っている。啓太郎にバレたらきっとまたブツブツ文句を言われるに違いない。なにしろこっちは居候の身だ。やっぱやるべきことはやらなきゃならない。

啓太郎と真理と巧は朝からずっと仕事場にこもりきりだった。得意先の工場から大量の作業着が持ち込まれ、大至急で仕上げてくれと言ってきたのだ。

作業着を洗濯し乾燥機で乾かすと、いちばん難しいアイロンがけを啓太郎が受け持ち、真理はパリッと仕上がったシャツをきれいに畳んで巧に渡した。

巧がビニール袋にシャツを入れていっちょうあがりだ。

啓太郎はひどく真面目な顔つきで黙々とアイロンがけを続けている。滴《したた》る汗が洗濯物に落ちそうになると、慌《あわ》ててタオルで顔を拭《ぬぐ》う。

ふだんはさえない奴だけど、と啓太郎の横顔を見つめながら真理は思った。

仕事をしている時は結構いけてる。男の顔になっている。啓太郎は本当にこの仕事が好きなんだ。

と、ズズ……ッ——低いイビキが聞こえてきた。

巧だった。

珍しく文句も言わず仕事をしていると思ったら、いつの間にか居眠りをしている。ビニール袋に入れなければならないシャツが巧の目の前で山積みになったままだ。

——こいつ、ファイズに変身できるからってちょっとばかり図に乗ってない？——

真理は空のビニール袋を手に取ると、イビキをかき続ける巧の顔面にゆっくりと被《かぶ》せた。巧は気付かずに眠っている。

——ププ——

真理は必死に笑いをこらえた。

巧のイビキを受けてビニール袋の内側が白く曇り始めている。

巧が息を吸い込むたびに少しずつビニール袋が縮んでいく。ついにビニールが貼りついて鼻の穴が塞《ふさ》がった。

「うお」

パチッと目を開けて巧が声を上げた。「真理、お前、おれを殺す気か!」

じたばたとビニール袋を脱ぐと素早く立ちあがって真理に怒鳴《どな》る。

「大丈夫だよ、巧なら。そう簡単に死なないから。残念ながらね」

「ブス! バカ!」

「あんた、幾《いく》つ? もうちょっとマシな悪口言えないわけ?」

「バカバカバカ!」それでも巧は口をとんがらせて言い続ける。

「なによ、バカバカバカバカ!」

聞いているうちにカッとなり、思わず真理も言い返した。

「バカバカバカバカバカバカバカバカバカバカバカバカバカバカバカバカバカ!」

「バカバカバカバカバカバカバカバカバカバカバカバカバカバカバカバカバカ!」

「やめなよ、ふたりとも」とうとう啓太郎が割って入った。「バカって言ったらね、バカって言ったほうがバカなんだから」

巧と真理は同時にぴたりと口を閉じた。

ああ、なんて低次元な言い争いをしてしまったんだ、と真理は思う。しかも啓太郎の低次元な言葉にようやく自分の低次元さに気付いた低次元な私……。巧の馬鹿。

仕事が終わると啓太郎がカキ氷を作ってくれた。

三人はダイニングテーブルを囲み、レモンシロップをかけてカキ氷を食べた。

巧はシロップの上にさらに練乳をかけている。猫舌の巧は冷たいものが大好きでその上あま党なのだ。巧は頬《ほお》をゆるませながら上機嫌にさくさくとカキ氷を食べ続ける。

——わかりやすい奴め——

もうあんな子供っぽい奴を相手にくだらないけんかをするのは絶対にやめようと真理は改めて決心した。

「そう言えばさ、まだ配達が残ってるよね」啓太郎が言う。菊池クリーニング店では洗い終わった洗濯物をお客さまの家まで届けることになっていた。

巧の上機嫌が一瞬にして消滅した。

「おれは行かないからな。もう充分働いたし」

「誰が？」皮肉っぽく真理が尋《たず》ねる。

「おれが」

「おれって？」

「だからおれだよ、このおれがだ」

「それはみんな同じでしょ。じゃあ、ジャンケンで決めようよ」

「嫌だね」真理の提案を巧はそっぽを向いて拒絶した。

なにを隠そう巧は死ぬほどジャンケンが弱いのだ。

「ふ〜ん、逃げるんだ」

「誰が逃げるか！　よし、ジャンケンだ！」

いつも通りの展開だった。

——単純な奴——

「ちょっと待て！　お前、後出しだろ」

三人でジャンケンをして結局いつものように負けたのは巧だったが、今度は真理に対していちゃもんをつけ始めた。後出しだろ、後出し！

真理がいくらそんなことはないと言っても巧は全然折れようとしない。

「絶対後出しだ。〇・一秒後出しだった」

「なによ、それ、マジ？」

「マジだ。おれはファイズだからな。超人的な動態視力でどんな後出しでも見逃しはしない」

「嘘ばっかり」

啓太郎が口を挟《はさ》んだ。

「大体、今タッ君、変身してないじゃない」

ムッとして巧が啓太郎を睨《にら》み付ける。

「分かった。変身すればいいんだろう、変身すれば！」

何だかイヤな予感がする、と真理は思った。さっきの低次元な争いより、さらに低次元な展開になりそうだ。

真理の予感は的中した。

巧は真剣に自分の部屋から変身ツールを持ってきて、ベルトを腰に巻いたのだ。

「変……」

『身』と言う前に啓太郎が巧を押し止めた。

「タ、タッ君！　分かった、分かったから！　ジャンケンするする！　ね、真理ちゃん」

「……する」ため息をつきながら真理が答える。

あー、あほらしい。もうなんでも好きにすればいいじゃない……。

真理が初めて巧のジャンケンの弱さを知ったのは、菊池クリーニング店で三人が奇妙な共同生活を始める少し前のことだった。

あのときも巧はジャンケンに負けた。

そしてそのせいで、啓太郎の仕事を手伝う羽目になったのだ。

当時、真理はひとりぼっちだった。

流星塾を卒業した後、約一〇ヵ月間住み込みでウェイトレスのバイトをした。

バイトをしながら自動二輪の教習所に通い、お金を貯めて二五〇ccの真っ赤なバイクを購入した。

そうして旅に出たのだった。

長い間、流星塾という閉ざされた世界で生きてきた真理にとって、それはとてもワクワクする冒険だった。真理は解放感に胸を躍《おど》らせながら、どこへ行くということもなく南へ、南へと走り続けた。

なぜ南だったのか。

それは陽が昇るその方向には何か希望に満ち溢《あふ》れている、そんな気がしたからだった。

それに、北はきっと雪が降っている……——

バイクの荷台にはファイズツール一式の入ったケースを括《くく》り付けておいた。

それは元々、真理の所有物だったのだ。

ある事情があって変身ベルトや携帯型のツールを初めて手にした時、真理にはそれが一体なんなのかまるで分からなかった。しばらくして取扱説明書を読んでびっくりした。

これは何かの冗談なのか?

ファイズという人間を超えるものに変身するための道具……そんな話を信じられるわけがなかった。

それでも説明書に従ってベルトを腰に巻き携帯ツールを差し込んでみた。

次の瞬間、火花とともにベルトが弾《はじ》き飛び、その衝撃に真理の体は大きく後ろに吹っ飛ばされた。まるでベルトが真理を拒否しているみたいだった。

そんな目に遭《あ》ってもファイズツールを身近に置いておいたのは、それが真理にとって大切な人の遺品だったからだ。

やがて真理は変身ツールを少し持ち運びに不便なお守りのようなもの、と思うようになった。そしてある意味で、それは正しい解釈だったと後になって知ることになる。

旅の途中、何度も真理は軟派された。

「ねぇねぇカノジョ、お茶しない？」

——しない——

「ねぇねぇカノジョ、どっから来たの？」

——遠くから——

「女の子ひとりじゃ危ないよ。おれが案内してあげるよ」

——危ないのはそっちだし——

少しウザかったけれど、真理は軟派されることを楽しんでもいた。

流星塾にいた頃、ある年齢を過ぎると、真理は自分はもしかしてかわいい部類に入るんじゃないかと思っていたが、それが証明されてうれしかった。

お金がなくなって食事に困っても真理はひょいひょい男についていくようなことはな

かった。

女を使って男に頼るのはなんだか自分が汚れるような気がしたからだ。

旅の間中、真理は節約のため、夜は寝袋にくるまって眠ったが、それでもお金が足りなくなると手あたり次第にバイトをした。啓太郎と出会った時はちょうど、金鉱さがしのバイトをしている最中だった。星の数ほどもある河川敷の石ころの中から金の含有量の多いものを見つけるとお金がもらえるというとても怪しい仕事だった。そういった石を発見すれば金鉱発見のヒントになるらしい。

宝の石を見つけることはできなかったが代わりに真理は啓太郎に出会った。

河川敷の大きな岩の上で膝《ひざ》を抱えて座り、啓太郎はしおれた植物のようにうなだれてめそめそと涙を流していた。

「ねぇ、どうしたの？」なんとなく放っておけなくて真理は声をかけた。

バイクが故障した、と啓太郎は答えた。故障したバイクから放り出されて怪我をした、怪我をした膝を自分は川の水で洗っているところだ、と。

見てみると膝の傷はただの掠《かす》り傷だったので、真理は啓太郎の手を引っ張って故障したというバイクのある場所に行ってみた。

だが、真理は機械類が苦手だ。壊れたバイクなど直せるはずもない。だから試しに蹴《け》ってみた。バイクの横っぱらにブーツの靴底でガッと思い切りキックを入れた。

それから試しにエンジンをかけてみると、見事に息を吹き返したのだった。

感動した啓太郎は真理を食事に誘った。

これは軟派ではない。単なるお礼だ。

ちょうど、お腹が空いていた真理は啓太郎の申し出に乗ることにした。

それに、啓太郎からは全く男を感じなかった。

——多分、殴《なぐ》り合いのけんかをしても私が勝つに違いない——

そんなわけでふたりはラーメン屋に入った。

ラーメンを待っている間、啓太郎もやはり旅の途中であることを真理は知ったが、真理にとって流星塾生以外の人間に気を許して話をするのはほとんど初めてのことだった。

啓太郎には真理を安心させるなにかがあった。それに、笑えた。

「ぼく、おっきな人間になりたいんだよ」それが啓太郎の旅の目的だった。

「おっきな人間になって、それでどうするの？」真理は尋ねた。

「世界中の人間を幸せにしたいんだ」恥ずかしげもなく啓太郎は言う。

「真っ白な洗濯物って気持ちいいと思わない？　でさ、世界中の洗濯物を真っ白にするみたいに世界中の人たちに幸せになってほしいんだよね」

「…………」

真理は啓太郎の顔をまじまじと見つめた。

——こいつ、マジか——

この旅が終わったら、実家の仕事であるクリーニング屋を継ぐ、と啓太郎は続けた。

啓太郎の両親はアフリカでクリーニング屋を開き、ほとんど無料でアフリカの洗濯物を洗い続けているという。

——マジっすか——

変な奴だ。変すぎて笑える、と真理は思った。

大体、でっかい夢を語るわりにはさっきの姿はなんだ？　膝を抱えてメソメソしていたあの姿は……。

「君の夢は？　なに？」今度は啓太郎が聞いてきた。

人に夢を語るのは初めてだった。

「美容師」真理は答えた。夢を語るのって、やっぱりちょっと恥ずかしい。

一瞬、真理は母親のことを思い出した。

真理の母親も美容師だった。

子供の頃、真理の髪の毛をカットしてくれた母親の笑顔と優雅な手つきが思い出される。

「お待ちどお……アチ！」

ガチャンと音がして真理は我に返った。

持ってきたラーメンを店員が床に落としたのだ。

真理が頼んだ塩バターコーン入り大盛りラーメンだった。

それにしてもなんて無愛想な店員なんだ、と真理は思った。

謝ろうともしないで、ジッと真理の顔を見つめている。

「おい」

やがて店員は口を開いた。「お前、鼻の頭にメンチョができてるぞ」

メンチョ？　違う。

昨日の夜、寝袋にくるまって河川敷で寝ていて寝返りを打ったとき、石に鼻をぶつけたんだ。だからメンチョじゃない。

「大体、なによあんた、その態度！　謝んなさいよ！」真理は叫んだ。

それが真理と啓太郎、そして巧の初めての出会いだった。

菊池クリーニング店では、いまだにジャンケンが続いていた。

今回は巧も珍しく頑張ってあいこばっかだ。負けた人間は配達に行かなければならない。

巧が頑張るのはただ仕事をするのが面倒だからだ。

だが、真理にはどうしても負けられない理由があった。

これから大切な用事がある。人に会わなければならない。

そのために寄せて上げるブラを買ったのだ。


乾巧がラーメン屋で働いていたのは、無銭飲食をしたのが原因だった。

旅の途中、お金を使い果たし、使い果たしたことにも気付かないでラーメン屋に入り、冷し中華を食いまくったという。そして店を手伝うことになったのだが、猫舌の巧は手の皮まで薄かった。だから熱いものが持てない。だからどんぶりを落としてしまった。

巧に代わってぺこぺこと頭を下げる店長からそういった事情を知ると、啓太郎は巧が食べたという冷し中華の代金を払い、この無愛想な男に自由を与えた。

さすがに、世界中の人々を幸せにしてやりたいと言うだけのことはある。


ラーメン屋を出ると真理と啓太郎、そして巧の三人は、それぞれのバイクが置いてある駐輪場へと向かった。

巧はまだ真理に謝っていない。啓太郎にお礼を言うわけでもない。

そんな巧の態度に真理がキレそうになったとき、ラーメン屋の店長がやってきた。

啓太郎に渡すお釣りを間違えたという。

店長は啓太郎に一〇円玉を渡した。

真理は、その一〇円玉を啓太郎が掌《てのひら》に握りしめたところまでははっきりと憶《おぼ》えている。だが、その後の記憶がまるで靄《もや》がかかったように曖昧《あいまい》なのだ。人はあまりにショックな場面に直面すると、自己防衛本能が働きその情景を忘れようとするらしい。真理の記憶が不鮮明なのも、そのせいかもしれない。

啓太郎が一〇円玉を握りしめた次の瞬間、真理は生まれて初めてオルフェノクに遭遇したのだ。目の前の店長がオルフェノクに変身した。

それから真理が取った行動も後に啓太郎から教えてもらって知ったのだが、なぜ自分がそんなことをしたのか全然思い出すことができなかった。

真理は咄嗟《とっさ》に、巧の腰に変身ベルトを巻いたのだ。

女の勘のなせる業、としか言いようがない。

そしてこの時、初めて巧はファイズに変身した。

真理の記憶がはっきりとするのは、オルフェノクとファイズの戦いが終わる寸前――ファイズのクリムゾンスマッシュがオルフェノクの体を貫通したときだった。

炎を上げて灰になるオルフェノクの傍《そば》で、ファイズになった巧は大した動揺もなく佇《たたず》んでいた。ちょっと面倒臭そうな、ふてくされた様子で。

まるで無理やり母親に頼まれ、嫌々買い物に行ってきた子供みたいに。

「おい、もう二度とジャンケンはしないからな。いいな」

配達用のバンの中で巧は真理に言った。

結局ジャンケンに負け、配達の仕事をすることになったのは巧だった。

お出かけの用事のある真理は、途中まで送ってもらうために助手席に座っている。

「聞いてんかよ、おい」

思わず真理はクスッと笑った。

あの日、旅の途中で初めてファイズになってオルフェノクを倒した後、変身を解いた巧はバイクに跨《また》がってさっさとその場から立ち去ろうとした。

あの時の様子を真理は思い出したのだ。そんな巧を真理は逃がさなかった。

なぜ自分にはできないファイズへの変身が巧にはできるのか。突然現れた怪物の正体はなんなのか。それを知るためには巧の存在が必要な気がした。

当然、巧は逃げようとした。

面倒なことに関わるのはごめんだ。

「じゃあ、ジャンケンで決めようよ」試しに真理は言ってみた。

巧が勝ったら自由だ。真理が勝ったら、とりあえず東京に帰るまでの間、巧は真理と行動を共にしなければならない。

そうして巧はジャンケンに負けた。

巧は身をよじって悔《くや》しがったが、今ではあのときジャンケンに負けたことを巧はひそかに喜んでいるのではないか、と真理は思っている。

巧は今まで誰も友達がいなかったに違いない。何しろ性格が悪すぎる。ジャンケンに負けたおかげで、巧は真理と啓太郎という友達を得ることができたのだ。もし巧が真理と啓太郎を友達だと思ってなかったとしたら、帰る家がないならウチで一緒に暮らそうという啓太郎の提案を巧は受け入れることはしなかっただろう。


「それで、どこまで送ればいいんだよ」

配達用バンの中で、巧がぶっきらぼうに真理に尋ねる。

「うん、駅まででいい」

「なんだ、美容室じゃないのか」

美容師になるのが夢の真理は、時々行きつけの美容室でアルバイトをさせてもらっていた。お金を貯めて美容師の専門学校に行くのが、真理のとりあえずの計画だった。

だが、今日の行き先は美容室ではない。

「そういえば啓太郎はうまくいってるのかな？　例の彼女と」

強引に話題を変えようとして真理は言った。

「ありゃ、ただのメル友だろ？　彼女って言えるか」

「じゃあ、巧は？　彼女がいないのは見てれば分かるけど。どういうのがタイプなわけ？」

「さあな」

本当にこの男は自分のことを語りたがらない。謎の男だ。

それが時々真理を苛立《いらだ》たせる。

「ねえ、巧は将来どうするつもり？　夢は？」

答えは分かりきっていたが、それでも真理は尋ねてみた。

「さあな」

やっぱり。

分かりきっていた答えだ。

「あ、もうここでいいから。ありがとう」

やがて真理は待ち合わせの場所で車から降りた。

配達用のバンが猛然と排気ガスを上げながら走り去っていく。

約束の時間どおりにその男はやってきた。

「ごめん、園田さん。また君のほうが早かったね」

爽《さわ》やかな笑顔で男が言う。

今日はデートだ。寄せて上げるブラの下で真理の胸が高鳴っていた。

# 第三章

「暑いですね」

木場勇治《きばゆうじ》の車の助手席で、真理は自分が振ったあまりにもありきたりな話題に、思わず恥ずかしくなって赤くなった。

これからふたりは深夜まで営業している室内プールに行くことになっている。

車で大体三〇分の道のりである。

車という密室の中で並んで座っていると沈黙が怖い。

先程から真理は話題作りに必死だった。

「そうだね」

と微笑《ほほえ》みながら木場勇治が答える。

でも勇治のほうからは口を利かない。

きっとこの人は大人なんだ、黙っていても平気なんだ、と真理は思う。

勇治は真理より三つ上で、巧と同じ歳だった。

啓太郎より一つ年上だ。

勇治に比べると巧も啓太郎もひどく子供っぽく見える。

勇治にはその年齢に似つかわしくない奇妙な落ちつきがあり、それが真理が惹《ひ》かれた理由の一つだった。

「今日は何していたんですか？」

ああ、と真理は心の中で頭を抱えた。またしてもありきたりな話題。

「図書館でちょっと調べ物をね。もうすぐ試験だから」

勇治は建築技師になるのが夢で、そのために学校に通っていることを真理は思い出した。

「ごめんなさい。忙しいときに無理言っちゃって」

「そんな事ないさ。たまには息抜きも必要だし」

勇治の言葉に真理は少し傷ついて押し黙った。

やっぱり勉強がいちばん大事なのだろうか。自分とのデートは勉強のために必要な息抜きにすぎないのだろうか。でもそんな些細《ささい》なことで傷ついた自分が、真理は嬉《うれ》しかった。

やっぱりこの人が好きなんだ、と思う。

木場勇治は菊池クリーニング店のお客さんのひとりだった。

最初、ただの客として現れた勇治は、紙袋の中から洗濯物を取り出して真理に渡した。

そのシャツやジャケットがきちんと畳まれているのを見て、真理は好感を持った。

クリーニング屋に出す汚れ物をいちいち畳む人間なんてあまりいない。

すぐに真理は、勇治がやってくるのを楽しみに待つようになった。

勇治に会えるとその日一日機嫌が良かった。

夜、寝る前にも勇治のことを思った。ベッドの中で勇治の魅力について考えてみた。

清潔感がある、そう思った。

誠実そうな人だ、そう思った。

とにかくよく分からないけど、いい感じだ。


ある日、勇治はいつものようにきちんと畳んだジージャンを手に真理のもとにやってきた。

勇治がいなくなると真理はそのジャケットのポケットの中身を点検した。

クリーニング屋では洗濯の前にそうすることが決まりなのだ。

毎回、真理は勇治の衣服のポケットに手を突っ込みながら軽い罪悪感と興奮を覚えた。

なんだか覗《のぞ》き見をしているような気分だ。

けれども決まってポケットは空っぽで真理の期待は裏切られ続けてきたのだが、その日、真理の指先がなにかに触った。

どきりとした。そろりそろりと取り出して見る。

勇治のジャケットのポケットに入っていたもの——それは花の種だった。

紫色の花の写真が印刷された紙袋が、まだ封も切らずに入っていた。

当然、それは勇治に返さなければならない物だ。だが、その時、ふと、真理の中で悪戯《いたずら》心《ごころ》が湧《わ》き起こった。紙袋の封を切り、小さな種を掌《てのひら》にあける。

愛おしそうに、真理はそっと種を握りしめた。

二ヵ月後、真理は洗濯物を届けに勇治のマンションを訪れた。

どきどきしながら玄関のベルを鳴らすと勇治がガチャリとドアを開けて顔を出した。

あの時の勇治の表情を真理は一生忘れないに違いない。

いつも穏やかな勇治の目がまんまるく見開かれ、品のいい唇がぽかんと開いた。

洗濯物を胸に抱いて佇《たたず》む真理の足元には、美しく咲いた紫の花の鉢植えが、ずらりと一二個並んでいた。真理はあの種を育て、勇治の元に届けに来たのだ。

これはイチかバチかの賭《かけ》だった。

もしかしたら勇治は真理の勝手な行動に腹を立ててしまうかもしれない。

だが、すぐに事情を理解すると、勇治はにっこりと微笑んだ。

「ありがとう」照れたように頭を掻《か》きながら真理に言った。

こうしてふたりは付き合うようになった。

真理の花の告白を、勇治は受け入れたのだ。

プールに着くまでの三〇分間、沈黙が怖い真理はずっととりとめのない話をし、そのせいで水着に着替える頃には濡れたタオルのようにぐったりとしていた。

自慢のブラを外してみると、胸までがしょんぼりしているように見える。

だが疲れている場合ではない。これからがデートの本番なのだ。

真理は寄せて上げるブラと同じ日に買ったタンキニの水着に着替えると、気合を入れるように頬《ほお》を叩いた。

昨日の夜、巧と啓太郎が寝静まってから真理はこっそりと起き出して水着に着替えた。

そして自分の体を鏡に映してジッと見つめた。

勇治の目に自分の水着姿がどんなふうに見えるか、不安になったからだ。

――もうちょっと脚が細ければいいのに――

試しに真理は両脚の筋肉にギュッと力を入れてみた。なんだか少し細くなったような気がする。よし、明日はこれで行こう。

両脚にギュッと力を入れて更衣室からプールに出ていくと、ふたり分のビーチチェアを確保して勇治が真理を待っていた。

意外に逞《たくま》しい勇治の水着姿に、真理は慌《あわ》てて視線を逸《そ》らした。

勇治も真理のほうをあまり見ない。

ふたりは相手を見ないようにしながら一緒に泳ぎ、滑《すべ》り台を滑り、うき輪を使って流れるプールを漂った。

ビーチチェアに戻ると勇治が飲み物を買ってきてくれた。

真理にはオレンジジュース、勇治はアイスコーヒーだった。

どちらかといえば真理はアイスコーヒー気分だったので、思わず物欲しそうに勇治を見つめた。

「飲む？」そんな真理の視線に気付いて、ストローから口を離して勇治が尋《たず》ねる。

「うん」

勇治は売店から新しいストローを持ってくると、自分のストローと交換して真理にアイスコーヒーを手渡した。

何もそこまでする事ないじゃん、と真理は思う。

気を遣《つか》ってくれたのは分かるけど、ちょっと冷たい感じがする。

勇治がトイレに立つと、ふたり組の男が真理に近づき声をかけた。

お決まりの軟派だ。お決まりの軟派男のお決まりのセリフ。

こういう時にはシカトするに限る。

だが男たちはしつこく、図々しかった。

終《しま》いには肩に手を回してきたので、真理はゾッとしてビーチチェアから立ち上がった。

「やめてくれないか？　おれの彼女なんだ」

帰ってきた勇治の言葉がひどくうれしい。

——そうよ、私はこの人の彼女なんだから——

だがふたり組の男は、勇治に理不尽《りふじん》ないちゃもんをつけ始めた。

勇治が真理の手を取りその場から離れようとすると、さらに男たちは激昂《げっこう》した。

「ざけんじゃねぇ」とか「なめんじゃねぇ」とか言いながら、拳《こぶし》を振り上げて襲いかかってくる。

ふたりの男に殴《なぐ》られ蹴《け》られ、勇治はプールサイドにうずくまった。

「何すんの！　やめなさいよ！」

勇治を庇《かば》いながら真理は飲みかけのオレンジジュースを投げつけた。

同時にやってきた監視員がピーッピーッと警笛を吹き鳴らした。


「今日はごめんなさい……傷、本当に大丈夫ですか？」

菊池クリーニング店まで送ってもらった真理は、車から降りる前にそう尋ねた。

「何も君が謝ることはないさ」勇治が答える。

「おれのほうこそごめん。本当はああいう奴ら、やっつけてやればカッコいいんだろうけど」

「そんな事ありません。ていうか、木場さん、カッコ良かったです。本当です」

「また近いうちにデートのやり直しだ」

勇治の車が闇の中に消えるまで、真理はその場で佇んでいた。

――やっぱり木場さんは素敵な人だ――

次に会える日が待ち遠しかった。


真理と別れ、勇治の車は夜の国道を自宅に向かって走っていた。

楽しい一日だった、と思う。

真理と過ごした時間、ふたり組の男に絡《から》まれたことすら、勇治には楽しい出来事だった。

少なくとも、それは人間らしいひと時だ。

勇治はふと、まだ真理に本当の自分について何も話していないことを思い出し、胸が痛んだ。

建築技師になるために学校に通っているというのも嘘だった。

それはとっくの昔に捨てた遠い夢だ。

――あの子は……おれのことを何も知らない。だが、それでいい……――

車が人けのない側道に入った時、勇治の耳に女の悲鳴が聞こえてきた。

普通の人間には聞こえないような小さな悲鳴。

カマキリタイプのオルフェノクが襲いかかっているその現場に、勇治の車は急行した。

信じられない現実を目の当たりにして、女は道路にしゃがみ込んだまま気を失っている。

勇治はオルフェノクに変身した。

端正な顔に黒い影の筋が走り、その体がホースオルフェノクへと変貌《へんぼう》していく。

額から一本の角を生やしたユニコーンのようなオルフェノクだ。

オルフェノクとなった勇治は猛然とマンティスオルフェノクに突っ込んで行った。

# 第四章

マンションに帰宅した勇治の耳に、大音響で鳴り響くラップミュージックが聞こえてきた。

「おう、意外と早かったじゃねぇか」

派手なアロハシャツに短パン姿の海堂直也《かいどうなおや》が声をかける。

「何をやってるんだ、君は？」勇治が尋《たず》ねた。

「見りゃ分かんだろうが。サーフィンだよサーフィン」

リビングのフローリングの床にサーフボードを置き、直也はサーフィンの練習をしているところだった。腕を水平に広げ、ラジカセから聞こえるラップミュージックに合わせ、体をくねくねとくねらせている。

三ヵ月前、海堂直也は突然サーファーになると言い出し、サーフボードを購入した。

だが、一度も海に出たことはない。いつも部屋の中で波乗り気分を楽しんでいるだけだ。

勇治はラジカセのスイッチを切り、音楽を止めた。

「長田《おさだ》さんは？」

「知るかよ。おれはあいつの子守じゃねぇんだ」

奥のほうから長田結花《ゆか》が現れる。

——お帰りなさい——

結花は手話で勇治に語りかけた。

結花は口を利くことができない。いつも長い両腕を優雅に動かし、意思を伝える。

口が利けないと言っても耳が悪いわけではなかった。

きっとラジカセの音楽がたまらなくなって、自分の部屋に逃げ込んでいたのだろう。

海堂直也と長田結花、このふたりが今、勇治と一緒に暮らしている仲間だ。

何度見ても勇治は結花の美しさに目を奪われてしまう。

何か非現実的な神話的な美しさだ。完璧すぎて不吉な感じさえする。完璧なものはこの世に存在できない。もし存在するなら、それはすぐに滅んでしまうに違いない。

「お前もしかして、またオルフェノクと戦っただろう?」

勇治の顔の傷を見て直也が言う。

「いや、違うんだ、この傷は……」

顔の傷はプールで殴《なぐ》られた時につけられたものだ。

一瞬で勇治はマンティスオルフェノクとの戦いに勝利を収めた。

ホースオルフェノクとなった勇治は無敵だった。勇治は今まで何体オルフェノクを倒してきたか分からない。勇治が戦う相手は、いつも人間を襲うオルフェノクだ。

勇治は人間を守るために戦ってきたのだ。

オルフェノクでありながら勇治は人間としての気持ちを失っていなかった。

それは直也も結花も同じだ。だから三人は一緒に暮らしている。

——デートはどうでしたか？ 楽しかったですか？——

結花が手話で尋ねてくる。

「うん。とてもね」

勇治が答えると、直也はケッとせせら笑った。

「でもよ、やっぱ問題あんじゃないのか？ おれたちはオルフェノクなんだ。普通の人間とは違うんだぜ」

「いや、人間だよ、おれたちは」珍しく勇治は大きな声を出した。

「どうだかな？ それによ、お前、マジで相手の女に惚《ほ》れてんのか？ もしかして、自分が人間であることを確認するためにその女を利用してるだけなんじゃないのか？」

直也はいつもはっきりと物を言う。その言葉はいつも勇治の心に突き刺さる。

「そんなことはないさ。君はオルフェノクであることを意識しすぎてると思う」

ちょっとためらってから勇治は続けた。

「今度の日曜日、彼女を紹介するよ。向こうも友達を連れてくると言っている。君たちも普通の人間とどんどん付き合っていけばいい」

「なんだと？　マジかよ、それ！　もちろん友達ってのは女なんだろうな？　美人でスタイルも良くてすぐやらせてくれる女だったら付き合ってもいいぞ」

「まあ、それは君次第さ」勇治は笑った。

ころころと考えを変えるところが、直也の長所でもあり欠点でもある。

その時、勇治の携帯電話が鳴り始めた。

一瞬、直也と結花の顔が強張り、勇治を見つめる。

またあの電話か……。

執拗に鳴り続ける呼び出し音に勇治は携帯を耳に当てた。

やはりあの声だ。低くくぐもった不気味な声が勇治の耳に流れてくる。

――なぜ、人間を襲わない……殺せ……殺せ……人間を殺せ……――

君は一体、誰なんだ？

そう言う代わりに勇治は苛立《いらだ》たしげに電話を切った。勇治の質問に相手が答えないのは分かっている。これまでもずっとそうだったからだ。

「またあいつか……」

「ああ……」尋ねる直也に勇治が頷《うなず》く。

その電話はオルフェノクを倒すたびに必ず勇治にかかってきた。

相手が誰なのか、勇治には全く見当がつかない。その謎の声はいつも勇治に囁《ささや》きかける。

殺せ……殺せ……人間を殺せ……と。

まるでオルフェノクでありながら同じオルフェノクと戦う勇治を非難しているみたいだった。

お前が倒すべき相手はオルフェノクではない、人間なのだ、そう言っているみたいだった。

またその声は、勇治の心の代弁者でもあった。

勇治がオルフェノクに変身した時、心の底から湧《わ》き上がってくる声——

殺せ……殺せ……人間を殺せ……。

だが、いつも勇治はその声と戦ってきた。いつもその声を押さえ込んできた。

ただ一度の例外を除いて。


勇治が最初にその心の声を聞いたのは初めてオルフェノクになった時、自分の夢を捨てた時、そして一度だけ人間を手にかけた時のことだった。

勇治は祝福された子供だった。

勇治の妊娠を知った時、母親は有名な占い師に自分がこれから産む子供について占ってもらった。

占い師は勇治の将来を約束した。輝かしい未来を。

──この子供は愛と勇気に溢《あふ》れた、強い意志の持ち主になるだろう。偉大な才能に恵まれ人の上に立ち、多くの人々が彼を敬い、従うだろう──

勇治はすくすくと成長した。

占い師が言った通り心優しく、なにをしても優秀だった。

勇治の父親は高名な建築設計技師で、その影響を受けた勇治も高校生になると同じ職業を志望した。

子供の頃から高い建物を見るのが好きだった。いつも空の近くを見上げながら街を歩いた。

すぐに手が届く地面には全然興味を示さなかった。

世界一高く美しい建物を造る、それが勇治の夢になった。

高校を卒業すると勇治は志望する大学の工学部にトップの成績で入学した。

工学部の授業の中で、勇治は特に図面を引くのが好きだった。

まず勇治は頭の中で完成した建物をイメージする。それを一瞬の内に無数の平面図に置き換え、パズルのピースを作るように紙の上に線を引いた。

三次元と二次元を自由に行き来できるのが勇治の才能の秘密だった。

勇治が書いた図面は、誰にも真似できない独特の美しさを持っていた。

迷いのない線が描きだす複雑な幾何学模様。

それは設計図と言うよりもひとつの芸術作品のようだった。

学内ですぐに勇治は有名人になった。誰もが勇治の才能に注目した。

——いずれ、建築界を背負って立つ人間になるのは間違いない——


勇治は時々、父親に連れられてパーティに出掛けた。

建築界における様々な受賞パーティや、有名なデザイナーが手掛けた建物の完成披露パーティだった。タキシード姿の勇治は多くの業界人に紹介され、熱い激励を受け、自分の夢をさらに大きく膨《ふく》らませた。

そんなパーティの最中、三《み》輪《わ》信孝《のぶたか》と知り合いになった。

まず、誰かの視線を背中に感じた。すぐに壁際の人物に気づいたが、最初、会場の照明の関係で、その男の顔は影に隠れて見えなかった。

やがて男は勇治の方に近づいてきた。まるで闇の中から現れるように。

それが三輪信孝だった。

信孝のほうは勇治のことをよく知っていた。驚いたことに、信孝は勇治と同じ大学の、同じ学部に在籍していたのだ。勇治はちょっと不思議に思って信孝を見つめた。同じ学部の人間ならば、全ての顔と名前を記憶していたはずだったからだ。

だが、信孝には見覚えがない。

「ぼくは目立たないからね。君と違って」

話してみると、信孝は勇治と似たような境遇だった。

父親も有名な建築技師で、幼い頃から後を継ぐことを期待されていた。

だが、勇治はすぐに信孝に何か嫌なものを感じた。勇治がこうはなりたくないという人間の、典型のような気がしたからだ。勇治は正義感が強く、誰に対しても優しく、誰からも好かれた。だがそれは生まれついての資質ではなかった。強い意志の力で、そういう自分を作り上げてきたのだ。逆に言えば自分の中の嫌な部分を押し殺し、捨ててきた結果だった。

信孝は勇治が捨ててきたものを全て身に付けていた。

卑屈《ひくつ》な目つき、はっきりと物を言わない、曖昧《あいまい》な愛想笑い、それでいてふとした瞬間に見せる図々しさ、狡猾《こうかつ》さ……。まるで、知らない間に勇治の後をつけてきて、勇治が捨てた物を拾い集めていたみたいだった。

パーティで知り合ってから、勇治はよく学内で信孝の姿を見かけるようになった。

確かに目立たない生徒かもしれないが透明人間というわけではない。

視線を感じて振り向くと、そこには必ず信孝がいた。

教室で、キャンパスで、学食で。

そのうちに、勇治のほうから信孝の姿を捜すようになった。そして勇治と信孝、ふたりの奇妙な付き合いが始まった。

あまり頭の良くない信孝に、勇治は勉強を教えた。

放課後の教室や喫茶店で勇治は根気のいい教師となり、時には自宅に信孝を招いた。

勇治は信孝に責任を感じていたのだ。信孝は、勇治が捨ててきた人間としての醜さをまとった、いわばもう一人の自分だったからだ。

信孝は図面を引くのが大の苦手だった。センスがない。アイディアがない。

何度か信孝は、図面を引きながら泣き出したことがある。

泣きながらコンピューターを殴りつけ、ひびが入るまでやめなかった。

その日もふたりは夜遅くまで勇治の部屋で図面を引き続けた。

信孝はコンピューターを使ったが、勇治はトレーシングペーパーにペンで直接線を引くほうが好きだった。

その時、勇治はコンテストに応募するための作品にとりかかっていた。

多くのデザイナーたちがこの賞を足がかりにデビューを果たしている、登竜門《とうりゅうもん》のようなコンテストだ。いつにも増して勇治は情熱を注ぎ込んだ。

トイレに立って部屋に戻ってみると信孝の姿が消えていた。

稚拙《ちせつ》な線が描かれた信孝のコンピューターのディスプレイが割れ、そして勇治の図面はずたずたに引き裂かれ捨てられていた。カッと勇治の頭に血が昇った。

信孝を探して、勇治は真夜中の道を走った。

闇の中から、すうっと信孝が現れた。パーティで出会った、あの時と同じだ。

「君がいけないんだ。君の図面が、あまりにも見事だから」

勇治が口を開く前に信孝が言う。囁くような声だった。

「ねえ、どうしてぼくは君じゃないんだろう……どうしてぼくはぼくで、君は君なのかな？　ぼくが君じゃないのは君のせいだ……君がいるからぼくは君になれない……」

次の瞬間、信孝は勇治を抱きしめた。

まるで勇治の体の中に入り込んでくるみたいに。

同時に凄《すさ》まじい熱と痛みが勇治の胸に走った。

信孝の握りしめていたナイフが、深々と勇治の心臓を抉《えぐ》っていた。

勇治の両親が深夜になっても帰宅しない息子を捜し始めた頃、勇治は路上に倒れて絶命していた。すでに体は冷たくなり、血溜まりに顔を埋めた勇治の姿は、自分が流した血の海の中で溺死《できし》したみたいだった。

やがて開くはずのない目をゆっくりと開け、勇治は一気に立ち上がった。

ジーパンの汚れを手で払い、何事もなかったように星空を見上げる。

耳を澄ますと、どこか遠い所から信孝の忍び笑いが聞こえてきた。


血だらけのナイフをまだ握りしめたまま、公園のベンチで笑っている信孝の前に勇治が現れた時、信孝はこれは何かの悪い冗談に違いないと思った。

誰かが勇治の死体を操って、自分を驚かそうとしているんだ。

勇治は心の底から湧き上がる不吉な声を聞いていた。

――殺せ……殺せ……殺せ……――

勇治の顔に何本もの黒い筋が走り、隆起する額の骨が角の形に固まっていく。

勇治はオルフェノクに変身した。

その巨大な手で、がっしりと信孝の頭蓋骨《ずがいこつ》を鷲摑《わしづか》みにする。シュークリームを握り潰《つぶ》すよりも簡単だった。パーンと音がして頭蓋骨が割れ、血と脳漿《のうしょう》が辺りに飛び散る。

変身を解いた勇治は、すぐに人の気配に気付いて振り返った。

父と母の顔が見えた。

ふたりが勇治の行動を目撃していたのは間違いない。

反射的に勇治は、くるりと背中を向けた。それは勇治の賭《かけ》だった。

オルフェノクとなった姿を見ても、両親は勇治の肩を抱いてくれるだろうか。

それとも恐怖と嫌悪の中で勇治を残したまま立ち去ってしまうのか。

朝日が昇るまで勇治はその場に佇《たたず》んでいた。

だが、誰も勇治の肩を抱こうとはしなかった。


マンションのリビングで直也は再びラジカセをつけ、フローリングの上でサーフィンを始めていた。

勇治は、珍しく必死に抗議する結花の話を聞いているところだった。

結花の手話のテンポが速いのは、感情が乱れている証拠だ。結花は、勇治が真理とその友達を招待したことに腹を立てていた。腹を立て、恐れている。

「大丈夫だから」

穏《おだ》やかな口調で勇治がなだめる。「きっと君にもプラスになると思う」

勇治は今、直也と結花と三人で暮らしている。勇治が心を許せるのはこのふたりだけだ。

このふたりだけが、オルフェノクでありながら人間の心を捨てていない仲間だった。

直也と結花は、勇治が今を生きるために必要な存在だった。

だが、真理は違う。真理といると、勇治は昔の自分に戻ったような気持ちになる。人間だったあの頃に。勇治は人間に戻りたいと思う。

そのためには人間とオルフェノクの共存が必要だ。
人間とオルフェノクが同じように生きられる世界。
だがそれは、勇治がかつて捨てた建築技師になる夢よりもずっと遠い夢だった。

# 第五章

焼き肉パーティが始まっていた。

ガスコンロで焼かれる六人分の肉がもうもうと煙を上げ、リビングいっぱいに充満している。換気扇を回しても追いつかない。

真理はさっきから煙が染みて、目が痛かった。

今日は勇治のマンションに来るため、わざわざ早めに菊池クリーニング店を閉めた。

巧は興味なさそうだったが、店で仕事をしているよりはマシだと判断したらしい。

昨日の夜、真理は巧と啓太郎に告白した。

自分にはカレシがいる。相手はウチのお客さんで、たぶん会えば分かる。

カレシを紹介したいから、明日みんなで遊びに行こう。

真理の衝撃の告白にも、巧は全く興味を示さなかった。

真理は少し腹が立った。

啓太郎は真理の彼氏がお店のお客さんだと聞きびっくりしたが、相手が木場勇治だと知ると納得し、喜んでくれた。啓太郎も洗濯物を持ってくる勇治に何度か会ったことがある。

あの人ならいいんじゃない。誠実そうだし、優しそうだし。

勇治のマンションに着くと真理は巧と啓太郎のことを友だちとして紹介した。

それ以上のことは何も言わなかった。

勇治も結花と直也を友だちとして紹介し、詳《くわ》しいことは語らない。

真理は、巧と啓太郎について勇治が何も質問してこないのが不満だった。自分の彼女が男をふたりも連れてきたのだ。ちょっとは関係性に興味を持つのが普通なんじゃないか。

――別にやきもち焼いてほしいわけじゃないけどさ――

両グループの紹介を終わると、早々に焼き肉をすることになった。

飲み物は真理たちが持ってきた。一応、ウーロン茶で乾杯した。

焼き肉を引っ繰り返しながら、真理は結花のことが気になって仕方がない。

とにかく綺麗《きれい》すぎる。

流星塾にいた木村沙耶も美人だったが、レベルが違う。

それになんだってあんな地味な服を着てるんだろう。紺のスカートに白のブラウスなんて、今時そんな恰好《かっこう》しているのは素っ裸で街を歩いているのと同じくらい珍しい。

だが、それがかえって結花の美貌を引き立てているのは認めざるを得ない。

もし計算してやっているなら、相当したたかな女だ。

それに真理は結花について気になることがもう一つあった。

ひどく無口なことだ。真理たちがマンションを訪れてから、結花だけが一言も言葉を発していない。

巧でさえ、どうも、と一応頭を下げたのに。

無口な美人というのは神秘的に見える。大人っぽく見える。

真理は勇治に結花との関係をもっと詳しく聞きたかった。

友だちといっても一体どういう友だちなのか。なぜここで一緒に暮らしているのか。

だが、そんなことを聞けばこっちの負けのような気がする。だから何も言えない。

「ねぇねぇ、真理ちゃん」

いきなり直也が声をかけた。「ちゅーか、やっぱ夏は焼き肉だよね。汗かきながら、フーフー言いながらさ。真理ちゃんはカルビ派？　それともタン塩派？　あ、タンって牛のベロだって知ってた？　ちゅーか、なんでベロなのにタンって言うんだろ。牛ベロとかベロ塩とか言えばいいのに」

しっかし、うるせーなこの男、と真理は思った。

何が牛ベロだ。何がベロ塩だ。そんなネーミングじゃ食べる気がしないじゃないか。

大体この男、さっき会ったばっかりなのに、なんでこんなに馴《な》れ馴《な》れしいんだ？

しかも話の内容がくだらなすぎる。

「ちゅーか、真理ちゃんみたいなかわいい子が木場の彼女だったなんて、びっくりだなー。もったいないよ、ホント。ま、おれのほうがお似合いなんじゃない？　大体、木場の奴、本当は人間じゃないんだ。おれもそうなんだけどね」

——何言ってんだ、この男？——

「あ、今、何言ってんだこいつ、と思ったべ？」

——ああ、思ったよ——

「ホント、人間じゃないんだって。スケベ大魔王なのだ、わっはっはっ」

——つまらん。シカトだ、シカト——

それにしても、どうして勇治は助けてくれないのだろう。

まがりなりにも自分の彼女が口説かれているのに、ただにこにこ笑っているだけだ。

真理は直也の猛攻から逃《のが》れようと、啓太郎に肉を取ってやった。

「啓太郎、ほら。焼けたよ、牛ベロ」

あ、しまった。思わず牛ベロと言ってしまった。

「ノリがいいねぇ、真理ちゃん」直也が言う。

啓太郎は全然肉に手をつけようとせず、うっとりと結花の横顔に見とれていた。

「あ、あ、あの……お、長田さん……」

勇気をふり絞って、ようやく啓太郎が声をかけた。

「う、うち、クリーニング屋やってるんです。や、安くておいしいんです」

――バカ――

真理は開いた口が塞《ふさ》がらなかった。

店の宣伝をしてどうする。それに、安くておいしいとはどういうことだ？

あり得ないし。

とは言え、啓太郎の様子を見て真理は応援したい気持ちで一杯になった。

――高嶺《たかね》の花かもしんないけどがんばれ――

啓太郎はおそらく、いや間違いなく女の子と一度もデートしたことがないだろう。いい奴すぎて男に見られない、というタイプ――。啓太郎にできることといえば、どこかのサイトでメル友を作ることぐらいだ。啓太郎の口から、巧と真理はそのメル友について何度も聞かされていた。相手からメールが来るたびに、大喜びで報告しにくるのだ。

――きっとエロサイトに騙《だま》されているに違いない――

それが巧と真理の結論だった。

真理は一度、啓太郎に来たメールを盗み見たことがあって、相手のハンドルネームを憶《おぼ》えていた。

『曇りのち晴れ』

エロサイトにしては、なんだか妙に凝《こ》った名前だ。

巧と勇治はいつものようにマイペースだった。

勇治は無駄口を叩《たた》かず、かと言って何も喋《しゃべ》らないわけではない。相槌《あいづち》を打つべき時に打ち、口を挟《はさ》むべき時に口を挟む。

巧は、つけっ放しのテレビのニュースを見ながらムスッとしている。

「肉は嫌いだったかな？」

小皿に取ったまま、食べようとしない巧の様子に勇治が尋《たず》ねた。

「ほっといてくれよ。好きにやるから」

「いえ、猫舌なんです、巧」ぶっきらぼうな巧の言葉を、真理が慌《あわ》ててフォローする。

肉を焼くのは難しい、と真理は思う。焼きすぎると不味《まず》くなるし、生すぎても美味しくない。タイミングが難しい。

真理は何か疲れてきてベランダに出た。

広いベランダにはいくつもの紫の花の鉢植えが置かれていた。

真理は服に焼き肉の匂いがついてるかも、と思い鼻をTシャツに近づけてみた。微妙によくわからない。自分の匂いというのはいつだってなかなかわからないもんだ。

真理は少し悲しくなってきてじわりと涙ぐんだ。

――あれ？　やだ……私、何やってるわけ？　――

勇治との間に壁を感じて真理は悲しかったのだ。建築技師になりたくて学校に通っていること以外、勇治は自分自身のことを何も教えてくれない。

だがそれは真理も同じだ。

幼い頃、火事で両親を失ったこと。流星塾という養護施設で育ったこと。そういう自分の過去を真理は何も話していなかった。勇治に同情されるのが嫌だったからだ。かわいそうな女の子、というふうに見られるのは我慢できない。

「気分でも悪いの？」勇治が真理の横にやってきて言った。

「いえ。そんなことはないんですけど……」

瞼《まぶた》にたまっていた涙を真理は素早く拭《ぬぐ》い取った。

「こういうベランダにしたかったんだ」

紫色の花を見つめて、勇治が続ける。

花に溢《あふ》れたベランダを作りたかった。勇治が言ったのはそういう意味だ。

「それで種を買ったんだけど、すっかり忘れていて……君のおかげだ」

「ちゃんと水をあげてくれてるみたいで、うれしいです」

「うん。花を枯らすような人間にはなりたくないから」

「ねぇ、木場さん」真理は珍しくまっすぐ勇治を見つめた。

「何？」

「いえ、なんでもありません」

自分でも何が言いたいのかわからなかった。あなたのことをもっと教えてくれ、ということだろうか？　違う気がする。私のことをもっと知ってほしい、ということだろうか？

それも違う。

勇治に本当に言いたいこと。いつかその答えが分かれば、ふたりの距離も縮まるかもしれない。

「長田さんのことなんだけど……」

突然、話題を変えるように勇治が言う。「あの子……口が利けないんだ」

口が？　利けない？

「でも、どうして？」びっくりして真理は尋ねた。

「いろいろあってね」

それ以上、勇治は語ろうとしない。

「ちゅーか、お前ら何やってんだよ？　まさか、エッチなことでもしてんじゃねぇだろうな？」

部屋のほうから直也が声をかけた。

部屋に戻ってみると、啓太郎と結花が向かい合い、両手を使って奇妙な仕種《しぐさ》を繰り返していた。まるでお遊戯みたいだったが、結花が口を利けないと知り、啓太郎は手話を教えてもらってるところだった。

焼き肉はひとつ残らずなくなっていた。ウーロン茶もほとんど空っぽだった。

後片付けでも始めようかな、と思っていると、どこからかギターの音が聞こえてきた。

美しい音。

繊細なメロディ。

弾いていたのは巧だった。

壁に立てかけてあった直也のギターを抱え、壁際に座って巧はギターをつま弾いていた。

誰もが驚いて巧を見つめた。

みんなの視線を感じると、慌てて巧は指を離した。

「お前、やるじゃないか。もっと弾いてみろよ」巧ににじり寄って直也が言う。

「もういいって」巧はそう言う直也にギターを返した。

「おれも聞いてみたいな。照れることはない」

「照れる？　なんだよ、それ」

勇治の言葉に巧は顔を真っ赤にして立ち上がった。「人を見透かしたようなことを言うな」

「ごめん。気に障ったんなら謝るよ」

あっさりと謝られて、巧はさらに頭にきた。これでは怒りの持っていき場がない。

「おい、真理、やめとけこんな男。なんか妙にいい子ぶってやがる」

「巧には関係ないでしょ？」

なんだか場の空気が変な感じになってきた、と真理は思う。やばい。

「別にいい子ぶってるつもりはないけど」

「うるせぇ！　おれには分かるんだよ。お前みたいなタイプはな、腹の中で何考えてるか分かんねぇんだ！」巧の怒鳴《どな》り声が響き渡る。

すると結花の異変に気付き、啓太郎が声を上げた。

「ゆ、結花さん！」

結花の体が震えていた。

人と人とが怒鳴り合うこと。誰かが誰かを怒鳴りつけること。それが結花には耐えられなかった。両腕で自分の胸を抱き、体を折り曲げるようにして結花は震えた。

そうして声にならない悲鳴を上げ、床の上に崩れ落ちた。

# 第六章

長田結花は生まれた時からひとりだった。

結花の母親が自分の妊娠を知った時、すでに父親とは別れていた。

母親は結花を産むつもりなどなかった。

だが、子供をおろすのが怖いというただそれだけの理由で結局は産むことになった。


産婦人科の病室で結花を産み落とした時、母親はこの世のものとは思えないような悲鳴をあげた。出産の痛みのせいではなかった。

自分の体の中から赤ん坊が出てきたという事実が、生理的に耐えられなかったのだ。

血と羊水にまみれたなにかぐにゃぐにゃした醜いもの。気持ち悪いもの。

まるで自分の体内に巣くっていた怪物みたいだ。

結花の母親は恐怖の叫びをあげた。病院中に響きわたるような凄《すさ》まじい叫びだった。

そうして少し神経を病んでいた心臓の悪い母親は出産のベッドから降りる間もなく死亡

した。

当然、結花がこの世に生まれ落ちて初めて耳にしたのは母親の叫び声だった。それは結花の潜在意識にしっかりと刻み込まれた。結花が成長してからもその叫びは遠いこだまのように心の奥のほうで震えていた。

普段、結花がその悲鳴に気付くことはなかったけれど。


母親が死ぬと、すぐに結花は親戚筋に引き取られた。

引き取ったほうには別になんらかの情があったわけではない。

ただ、結花の母親がコツコツと貯めていたいくらかの金が欲しかっただけだ。

結花を引き取った家はおじさんとそのひとり娘の道子《みちこ》のふたり暮らしだった。

物心がついてすぐに結花は、お前には両親はいないと教えられた。

道子はおれの娘だがお前は違う、と言い、おじさんは決して自分をお父さんと呼ばせなかった。

差別ははっきりしていた。

結花と同い年の道子は幼稚園に行き小学校に通った。だが、結花は授業料がもったいないという理由で行かせてもらえなかった。

おじさんは結花のちょっとした言葉尻をとらえては怒鳴《どな》り、殴《なぐ》った。すぐに道子も父親の真似をするようになった。

そのせいで結花は徐々に無口になり、終《しま》いには喋《しゃべ》ることをやめてしまった。

それでも結花はおじさんと道子に好かれようと必死だった。この家から追い出されたら生きてはいけない――そういうふうにおじさんから教育されていたからだ。だからなんでも黙って言うことを聞いた。

道子は時々することがなくなると結花を相手におままごとをした。道子が作った砂のご飯と泥のみそ汁を結花は本当に食べなければならなかった。だが、それでも結花は道子とのおままごとが好きだった。自分が道子に必要とされていると感じることができたからだ。

来客があると、結花は地下室に閉じ込められた。小学校にも行っていない子供が家の中にいては、世間体が悪い。

けれども、結花は地下室が嫌いではなかった。

少なくともそこにいれば怒鳴られずに済む。殴られずに済む。

結花はよく地下室に閉じ込められたまま、食事も与えられず放っておかれた。そんな時は、床を這《は》い回るありんこを捕まえて口に入れた。

ありんこを食べながら明かり取りの窓を見上げ、母親を思った。

普通、子供には母親という存在が付いているらしい。そのことを結花はテレビから学んだ。

結花にとって母親のイメージは窓のようなものだった。

自分の心に光を射してくれる窓のような存在――

食事時のテレビだけが、結花が外界に触れることができる手段だった。

道子が外に遊びに行っても、結花は家にいなければならなかった。

家にいて、おじさんの仕事を手伝わなければならない。


おじさんはガラス工芸の職人だった。

コップや花瓶《かびん》、文鎮《ぶんちん》や箸置《はしお》き、その他注文が来ればどんなものでも製作した。

まずガラスの粉を陶器の壺《つぼ》に入れ、それを一三〇〇度から一五〇〇度の炉に入れて熱く熱する。

水飴《みずあめ》のように溶けたガラスに竿《さお》を突き刺して取り出し、冷めない内に素早く形を整えていく。後は徐冷炉《じょれいろ》に入れて、ゆっくりと冷やせば完成である。

結花は最初、作業場の準備や後片付けを手伝ったが、やがて簡単な工程を任されるようになり、最後にはおじさんの代わりに作品を作った。

おじさんの指導は厳しかった。少しでもミスをすると、赤く熱を持ったドロドロのガラスを結花の顔に近づけ、時には手足に押しつけた。

言葉を捨てた結花は、悲鳴を上げることもできなかった。

結花は何度悪夢を見て飛び起きたことだろう。

溶けたガラスで全身を包まれる夢だ。ガラスに包まれた結花はあっと言う間に灰となり、結花の形をしたガラスの人形だけが残される。

それでも結花はこの仕事が好きだった。

ガラスというもろい素材が好きだったし、窓だってガラスでできている。

窓は母親のイメージを思い出させた。

結花はおじさんにバレないように少しずつガラスの粉を集め、自分の好きな物を作った。

昆虫や動物を上手に作れるようになるには、相当な年月が必要だった。結花は飽きる事なく中庭で鳥や猫を見つめ、セミやコオロギを観察した。そうして本物そっくりの作品を作った。

ある日、こっそりと作業をしているところをおじさんに見つかった。ひどく殴られた。

だが、おじさんは結花が作ったガラスの猫を見つけると態度を変えた。少し傷付いた顔になり、黙って作業場から出ていった。

腕に自信を持った結花はいちばん難しい作品に取りかかった。

母親の像だ。

結花は何度も試行錯誤を繰り返し、考えられる限り最も美しい女性の頭像を完成させた。

成長するにつれ、結花の顔はその母親像に似ていったが、自分ではそのことに気づかな

かった。

密かに作った母親の頭像を、結花はおじさんにも道子にも見せなかった。自分の部屋の引き出しの奥に隠し、夜、ベッドの中で抱いて眠った。眠りに落ちる前、結花は心の中でいろいろな夢を母親に語りかけた。

私も学校に行きたい、というのが結花の切実な願いだった。

その頃、一〇代の半ばに達していた結花は、道子のセーラー服がうらやましくて仕方なかった。結花は道子が友だちと一緒に学校から帰ってくるところを、いつも部屋の窓から見つめていた。みんな同じセーラー服を着ている。結花には、セーラー服が何か真っ当な人間の証明書のように思われた。自分も仲間に入りたかった。

結花は隙《すき》を見ては道子の部屋に入り、教科書を開いた。一応、ひらがなは読むことができた。

まだ子供の頃、道子の学校ごっこに付き合ったおかげだ。と言っても、それは道子のいじめだった。道子が先生になり、結花に字を書かせる。

結花が間違えると、道子は木の枝で手や尻をピシャリと殴った。

ひらがなを読むことができても、教科書の内容を半分も理解できなかった。

結花はこの世の暗い片隅に独りぼっちで取り残されている感じがして、母親の頭像を抱いてしくしくと泣いた。

思い切って結花はおじさんに自分の気持ちをぶつけてみた。学校に行きたい思いを紙に書き、おじさんに渡した。おじさんは全く相手にしてくれなかった。

結花は初めておじさんに抵抗した。仕事を手伝うのをやめたのだ。

殴られ蹴《け》られても、結花はストライキをやめなかった。

最後には三日間地下室に監禁された。結花はありんこを食べて飢えを凌《しの》いだ。

折れたのはおじさんのほうだった。

結花の作るガラス製品は評判が良く、おじさんには結花の力が必要だったからだ。

おじさんは道子のお古のセーラー服やカバンを結花に渡し、学校に行くことを許してくれた。

その夜は興奮して眠れなかった。朝になるまで母親の頭像を胸に抱き、これからの夢を語り続けた。

翌朝、結花は生まれて初めてセーラー服を着て、学校に行った。

道子と一緒だった。

これで自分は変わることができる。結花はそう思って喜びに震えた。

教室に着いてみると、その日珍しく優しかった道子の態度ががらりと変わった。

お前、何考えてんだ？　と道子は言い、友人たちと一緒に結花を指さしてせせら笑った。

小学校にも行っていないお前が高校に入れるわけないだろう。第一、お前は受験もしていないじゃないか。

結花には何のことだかさっぱり分からなかった。

ただ自分が騙《だま》されていたことを知り、愕然《がくぜん》とした。

道子の命令で、結花に友人たちが襲いかかった。

手足を床に押しつけられ、セーラー服をびりびりに引き裂かれた。ソックスと上履きを奪い取られ、半分裸になった結花の体に道子と友人たちは赤いチョークでいたずらをした。

口の利けない結花は助けを呼ぶこともできなかった。ただずっと心の中で大きな悲鳴を上げていた。自分の存在そのものを吐き出すような悲鳴だった。

その時、結花の意識の奥のほうから、別の悲鳴が聞こえてきた。

それは結花を産んだ直後、母親が上げた悲鳴だった。

結花の潜在意識に刻み込まれていたあの悲鳴が、結花の絶叫に共鳴して蘇《よみがえ》ったのだ。

今、結花ははっきりと母親の恐ろしい叫び声を聞いていた。

そうして結花は、自分が母親に拒絶されていたことを知ったのだ。

生まれてからずっと。

半分裸の結花は、裸足のまま家に帰り着いた。

自分の部屋に入り、取り出した母親の頭像を床に叩きつけて粉々に割った。

それから一度も切ったことのない長い髪を天井の梁《はり》に渡し、自分の髪の毛で首を吊った。

死ぬまでの短い間、結花は何も思わなかった。何も見なかった。

ただ絵の具のような闇が、結花の意識を塗り潰《つぶ》していった。


学校からの帰り道、道子と友人たちは半裸にした結花の姿を思い出しては何度も笑った。

あんなに楽しかったのは久しぶりだった。

だから目の前にふらふらと結花が現れた時、大喜びで拍手をした。

また、いたずらができる。今度はもっとひどいことを。

だが、それも結花がオルフェノクに変身するまでの話だった。

結花の体が大きな翼を持つ鳥のようなオルフェノクに変身した時、道子たちは何が起こったのかまるで理解できなかった。ただその場に立ち尽くし、呆然《ぼうぜん》としていた。

オルフェノクとなった結花の最初の一撃で、友人たちの体はバラバラに千切《ちぎ》れ、血飛沫《ちしぶき》が上がった。誰も悲鳴ひとつ上げなかった。

道子はその血を浴びながら、目を丸くして立ち尽くしていた。

道子が最後に見たものは、自分自身の体だった。

首のない体からおびただしい血が、噴水のように吹き上がっていた。

地面に落ちた道子の首は、そんな自分の体を見上げ、自分の血を頭から浴びた。

オルフェノクの翼から一枚の白い羽根が道子の顔にふわりと舞い落ち、まぶたを塞《ふさ》いだ。


結花は神社の石段に腰を下ろし、膝《ひざ》に顔を埋め泣いていた。

変身を解いた結花は、ずたずたに引き裂かれたセーラー服をかろうじて身にまとっているだけだった。

もう、何がなんだか分からなかった。

自分は一体何をしたのか。自分の身に何が起こったのか。

確かに自分は死んだはずだ。それなのに……。

そんな結花の肩に、誰かがそっと手を置いた。

見上げると、優しそうな青年の顔がそこにあった。

それが結花と勇治の最初の出会いだった。

すでにオルフェノクとなっていた勇治は、新しいオルフェノクの波動を感じ、駆けつけてきたのだ。

勇治は結花の涙を信じた。人間の心を失っていない証拠だった。

「君の仲間だ」と勇治は言った。

# 第七章

勇治のマンションでの焼き肉パーティから、およそ一ヵ月が過ぎていた。

結花に会ってからというもの、啓太郎は仕事が手につかない様子だった。

手にアイロンを掛けたり、配達先を間違えたりした。

一目惚《ひとめぼ》れに間違いなかった。

『曇りのち晴れ』とかいうわけの分からないハンドルネームのメル友にはまるよりずっといいと、真理と巧は話し合った。

真理の見るところ、啓太郎の恋は相当真剣なものだった。

何しろ、口の利けない結花のために一ヵ月で手話をマスターしたのだ。

手話に自信を持つと、啓太郎は真理にダブルデートをセッティングしてくれないかと懇《こん》願《がん》した。もちろん勇治と真理がデートをする時、結花を連れてきてもらい、自分もそこに仲間入りしたいというわけである。

「やだよ、そんなの」ちょっと迷ったけれど、結局真理は断った。

真理には真理の都合がある。勇治との時間を大切にしたい。真理は週に一回か二回かのペースで勇治とのデートを続けていたが、相変わらず壁を感じていた。どっちが作ったのか分からない壁。もしかしたら、ふたりが作った壁なのかもしれない。その壁の正体を知るためにも、デートの時はふたりだけで会いたかった。もし真理が作った壁だとすれば、それは真理が自分の過去を素直に話せないでいるために違いない。

同情されるのが嫌で話していない流星塾のこと。

そんなことを考えていると、携帯が鳴った。

どこか聞き覚えのある懐かしい声が聞こえてきた。

流星塾の先生だった。あまりの偶然にびっくりした。

とても重要な話があるので近いうちに会いたい、というのが先生の話の内容だった。

懐かしいはずの声を聞いても、真理は素直に喜べなかった。

とても重要な話？　一体、何だろう？

何だか嫌な予感がした。

真理にダブルデートを断られると、啓太郎は最後の手段に出ることにした。

偶然を装って結花に会おうというのだ。

まずマンションの前で待ち伏せをした。だが、何日経っても結花は現れない。

啓太郎は双眼鏡を買い、隣のマンションの屋上から結花の部屋を覗《のぞ》こうとした。

カーテンが引かれていて何も見えなかった。何だかストーカーみたいな気分だった。

巧に相談すると、

「それは充分ストーカーだ」

と罵《ののし》られた。

それでも啓太郎は結花が現れるのを待ち続けた。

炎天下で日焼け止めクリームを塗り、日傘をさして根気よく待った。

ようやく結花が現れたのは、啓太郎が張り込みを始めてから二一日目の夕方だった。

その頃になると紫外線対策のかいもなく、啓太郎は真っ黒に日焼けしていた。

あまりにも真っ黒だったので、結花は自分に気づいてくれないいんじゃないか、と心配になった。そんなことを考えながら後をつけていった啓太郎だが、なかなか声がかけられなくてウジウジしているうちに結花の姿を見失った。

ひどい自己嫌悪だった。情けなくて涙が出てきた。

いっそオルフェノクに殺してほしいと思った。

何だか全てが嫌になり、家に帰ろうとして角を曲がった時、ばったりと結花に出くわした。

一瞬、パニックになった。啓太郎は手につばを付けて顔をこすった。
日焼けを落とさないと、結花に分かってもらえないと思ったからだ。
結花は不思議そうに啓太郎の顔を見つめていた。そして思わずクスッと笑った。
その笑顔のおかげで啓太郎は落ちつきを取り戻した。
よく見ると、結花のブラウスが血で汚れていることに気づき、びっくりした。
白いブラウスに点々と花びらのような血痕《けっこん》が付着している。
「どうしたんですか？　怪我《けが》でもしたんですか？」
結花はゆっくりと首を横に振った。
別に何でもありません。気にしないで下さい。
だが、血が付いているというのはただ事ではない。
啓太郎は同じ質問を繰り返し、結花は何度も首を振らなければならなかった。
終《しま》いには自分が無傷であることを納得させるために、ブラウスを脱いだ。
啓太郎は文字どおり腰を抜かした。目の前にブラ一枚の結花の体がある。
結花は脱いだブラウスをくるくると丸めて横手の川に投げ捨てた。
そしてさっさと歩き始める。
「ちょ、ちょっと結花さん！　まずいよそれ！」
啓太郎は驚きの連続にくらくらしながら、自分のTシャツを結花に着せた。

啓太郎は結花を引っ張って繁華街のブティックに連れていった。

結花に服をプレゼントするためだ。よく考えると超ラッキーな展開だった。とにかく結花に声をかけることができて、そのうえ下着姿まで見せてもらった。

そして今は一緒にブティックにいるのだ。まるでラブラブのカップルみたいだ。

結花のためにブティックで洋服を探しながら、啓太郎は真理の言葉を思い出していた。

確かに美人だけど服装がダサい、と真理は言ったのだ。

啓太郎は試しにブランドもののワンピースを選んでみた。以前、そのブランドについて真理から聞いたことがあった。

女の子の憧《あこが》れだけど、すっごい高くて手が出せない、と言っていた。

これなら真理だって文句は言わないだろう。

試着室から出てきた結花の姿を見て、啓太郎は目が潰《つぶ》れそうになった。

紫色の流線型を裾《すそ》にあしらったそのワンピースが、あまりにも結花に似合ったからだ。

携帯のカメラで写真に撮っておきたかったけど、キモい奴と思われるのが嫌で言いだせなかった。

ブティックを出て並んで歩いていると、誰もが結花を振り返った。

一〇〇メートルも歩かないうちにモデル事務所のスカウトマンや軽薄そうな軟派男が近

寄ってきた。啓太郎が一緒だというのに失礼な奴らだ。

啓太郎は犬のように吠《ほ》えて、そういった奴らを追っ払った。

結花は物珍しそうにキョロキョロと街の風景を見回していた。

こんなふうに男の人と歩くのは生まれて初めてのことだった。

おじさんの家にいる時はほとんど外出が許されなかったし、勇治のマンションで暮らすようになってからも外に出るのが怖かった。

ある理由でこっそりとマンションを抜け出すこともあったが、すぐに用事が済むと帰宅した。

結花は他人が怖かった。世の中が怖かった。

だからほとんどの時間、部屋の片隅で膝《ひざ》を抱えながらテレビを見ていた。

もちろん勇治と直也とは時々話した。直也はわけの分からないことを一方的にまくし立てるだけだったが、勇治はすぐに手話を覚えて結花の話を聞いてくれた。

だが、あのふたりは特別だった。オルフェノク同士であり、身内だった。

勇治も直也もこの世の中とは関係ない所で生きている、と結花は感じていた。

自分と同じように。

だが結花は、できることならもっと世の中に関わりたかった。

閉じ籠《こ》もりの自分が嫌だった。

勇治にも直也にも内緒で結花がメル友を作ったのは、きっと、そんな矛盾する自分の気持ちに引きずられたせいだったろう。

最初、なにかあった時のために、と勇治に携帯を買ってもらった時、こんな物は自分には必要ないと結花は思った。電話をしてくれる相手なんて誰もいない。

鳴らない電話ほど無駄なものはない。淋《さみ》しいものはない。

やがて結花は勇治が買ってきてくれた雑誌からメル友についての知識を得た。

興味を持った。これなら自分にもできるかもしれない。怖がりの私にも。

誰からも愛されない私にも。口のきけない私にも。

そして結花は雑誌を通して生まれて初めてのメル友を作った。

『正義の味方』というのが相手のハンドルネームだった。


結花を送ってマンションの前までやってきた時、啓太郎は何だか複雑な気分だった。

もっと一緒にいたい気もするし、これ以上いると緊張のあまり鼻血が出そうな感じもした。

歩きながら何を話したのかも覚えていない。

膝ががくがく震えて普通に歩くのが精いっぱいだった。

そんな啓太郎を不思議そうに見つめながら、手話を使って結花のほうから声をかけた。

——今日はいろいろありがとう。お世話になりました——

「い、いえ、そんな……気にしないで下さい」上ずった声で啓太郎が答える。

結花は啓太郎が手話を理解したことにびっくりした。

「ま、また会ってくれますか？」

啓太郎は結花が返事をする前に走り出した。返事を聞くのが怖かった。走りながら足を絡《から》ませて転びそうになる啓太郎の後ろ姿を、結花は小首を傾げて見つめていた。

不思議な人だ、と結花は思った。会ったことのないタイプだった。今まで接してきた人たちはみんな、どこか上のほうから結花を見下ろしているようなところがあった。

おじさん、道子。勇治や直也もそうだった。でも、啓太郎は違う。

逆に、下のほうから結花を見上げている。

結花はありんこを思い出した。おじさんの家の地下室で床を這《は》い回っていたありんこ。

啓太郎はありんこに似ている。結花は何度指先でありんこを押し潰《つぶ》したことだろう。

「おかえり」

帰宅した結花を勇治が迎えた。

勇治は結花のワンピース姿を見て少し驚いた様子だった。だが、何も聞いてこない。

「出掛けるのはいいことだと思う。でも、少し心配だな。今度はおれも一緒に行くから」

それはちょっと困ると思ったが、結花は何も言わずに自分の部屋に入り、ドアを閉めた。

啓太郎に買ってもらったワンピースを脱ぎ、ハンガーにかけ、下着姿のままでベッドに座った。

勇治は何も知らないのだ。

今までにも何度かこっそりと部屋を抜け出したことがあった。

あの叫び声が聞こえてきた時に。

意識の底に刻まれた母親の凄《すさ》まじい叫び声が、時々結花の頭に蘇《よみがえ》ってくる。

それは身を引き裂かれるような苦痛だった。

自分の存在そのものが暗闇の底に落ちていくような気がする。

そんな時、結花は黙って外出した。


母親の叫びを聞きながら、結花はなるべく人けのない場所でオルフェノクに変身した。

そして次々に人を襲った。人々の悲鳴が結花には必要だったのだ。

他の人間の悲鳴に紛《まぎ》れて、母親の悲鳴が聞こえなくなる。

悲鳴が悲鳴を塗り潰す。

それは結花が生きていくためにどうしても必要な手段だった。

さっき啓太郎と出会った時、結花は自分の服に血痕が付いていたことを思い出した。鏡の前で改めて体中を点検した。

大丈夫だ、殺戮《さつりく》の痕跡《こんせき》は残っていない。

結花は再びベッドに腰を下ろし、小さなため息をひとつついた。

それから携帯を取り出し、メールを打ち始めた。

『正義の味方さんへ。お元気ですか?　私は今、学校から帰ってきたところです。仲のいい友だちが一緒のクラブに入ろうと言うので、テニス部の練習を見学してきました。でも、他の友だちからはバドミントン部に入らないかと誘われて困っています』

メールを打ちながら、結花は以前憧れたセーラー服を思い出していた。

学園生活を想像していた。

『私には友だちがいっぱいいます。みんな大切な友だちです。みんな大切な宝物です』

結花は偽りのメールを打ち続けた。

# 第八章

待ち合わせの喫茶店に着くと、見覚えのある顔が片隅の席で待っていた。

流星塾で世話になった先生たちの中でも、いい意味で印象に残っているひとりだった。

「お久しぶりです、石橋《いしばし》先生」

真理はにっこりと微笑《ほほえ》み、向かい合って腰を下ろした。

大切な話があるという電話を受けた時は嫌な予感がしたけれど、こうやって会ってみるとやはり懐かしさがこみ上げてくる。

「元気そうだな、園田」

この先生は昔から感情をあまり表に現さない。今もそうだ。

きっと真理を見ても、賞味期限切れの牛乳を見ても、その表情はほとんど変わらないに違いない。

真理は石橋先生の顔をまじまじと見つめた。昔からひげの濃い、手の大きな先生だった。ひげには白いものが混じっていたが、手の大きさは変わらない。

真理はよくこの大きな手で頭を撫《な》でてもらったものだ。

「お前の近況も聞きたいところだが、あまり時間がないんだ」

いきなり先生は本題に入った。こういうところも全然変わっていない。

でも、だらだらと無駄話《むだばなし》をするよりはずっとましだ。

「教えてくれ。お前が里子に行った時のことだ。何があったのか、詳しく」

「なんでそんなことを聞くんですか？」

急に気分が重くなって真理は尋《たず》ねた。

誰だって思い出したくないことはある。人に言いたくないことだってある。

先生は内ポケットから一枚の紙切れを出し、真理に見せた。

草加雅人、木村沙耶、犬飼彰司《いぬかいしょうじ》、その他にも住所と電話番号と共に懐かしい名前が並んでいた。もちろん園田真理の名前も。流星塾の生徒たちの名前だった。

「これがなにか？」真理は尋ねた。

「ここに名前のある者は、一度は流星塾から里子に出された者たちばかりだ。そしてその全員が再び流星塾に戻ってきている」

そのことは真理も憶《おぼ》えていた。

流星塾の生徒は皆、両親を失った者ばかりだった。だが、新しい両親に恵まれる場合も多かった。適当な貰《もら》い手が見つかれば、里子に出されるのである。

塾生の誰かが里子に出される時、必ずみんなでお別れパーティをした。

送り出す側は別れの悲しみとうらやましさを感じ、出ていく者は喜びよりも大きな不安を感じていた。

真理もずいぶん淋《さみ》しい思いをしたものだった。

新しい両親のもとへ仲間が旅立つ時、残された者は何だか見捨てられたような気持ちになる。

だが、不思議なことに旅立った仲間たちは、しばらくすると必ず流星塾に戻ってきた。

一体何があったのか。

帰ってきた者は固く口を閉ざし、決して答えようとしなかった。

やがて、真理がお別れパーティの主役になる時がやってきた。

真理にも新しい両親が決まったのだ。

「なぜ全員が流星塾に戻ってきたのか……君は不思議に思わないか?」

石橋先生の話は続いた。

「ええ。でもそういうこともあるんじゃないんですか?　引き取られた家にどうしても馴《な》染《じ》めなかったり、貰ってくれた人に問題があったり」

「違う。殺されたんだよ、全員……君たちを引き取ってくれた里親たち全員がね」

「そんな……」

背筋がぞっと寒くなった。

殺された?

ひとり残らず?

どうして。そんなことがあり得るんだろうか。

「そう、普通では考えられないことだ。私は今、改めて当時のことを調べ直している。ちょっと気になることがあってね」

「気になること?」真理は尋ねた。

「とにかく話してくれ。君が里子に行った時のことを」

先生はジッと真理の目を覗《のぞ》き込んだ。

当時、一〇歳になっていた真理を引き取ってくれたのは、子供のいないまだ若い夫婦だった。

郊外の森の中に建つ豪邸に初めてやってきた時、これから始まる自分の人生を思い、真理の胸は不安と期待でいっぱいだった。

最初、真理はこの若い夫婦が好きになれなかった。いちいちうるさかったのだ。服装のこと、食事のマナーについて、勉強のこと。どちらかというと勉強が嫌いで大雑把な性格の真理は、毎日が窮屈《きゅうくつ》で仕方なかった。ナイフとフォークの使い方なんて、どうだっていいじゃないか。要するにお腹の中に入れば同じことだ。勉強ができなくたっていいじゃないか。

私は美容師になるんだ。

そりゃあ美容師だって馬鹿じゃなれないけど、何も秀才である必要はない。

真理が好感を持ったのは、この夫婦がお父さんお母さんと呼ぶことを強制しなかったことぐらいだった。真理はふたりを名前で呼ぶことにした。

桑田正志《くわたまさし》と桑田礼子《れいこ》……正志さんと礼子さん。


正志さんも礼子さんも朝早く出掛け、夜遅くに帰宅した。朝まで帰ってこないことも珍しくなかった。夜ひとりで森の中の豪邸にいるのは、さすがに心細かった。

真理は正志さんと礼子さんに、どんな仕事をしているのか尋ねてみた。

とても大事な研究をしている、ということしか教えてくれなかった。

実験が成功すればきっと世の中の役に立つ、と礼子さんは付け加えた。

真理はちょっとうれしくなった。

もしかしたら、ふたりはとても偉い人なのかもしれない。

ある夜、いつものように夜遅く帰宅した正志さんと礼子さんが真理の部屋にやってきた。

ノックの音を聞き、本を読んでいた真理は慌《あわ》てて眠ったふりをした。

こんな時間まで起きていれば、きっと怒られるに決まっている。

正志さんと礼子さんは、足音を忍ばせてベッドの傍《そば》にやってきた。

真理の寝顔をジッと見つめている気配が伝わってくる。

「本当にこの子を貰って良かったのかしら」囁《ささや》くような礼子さんの声。

「私、時々思うの……もしかしたらかえって淋しい思いをさせてるんじゃないかって」

「分かるよ。ぼくも同じだ」

正志さんが答える。

「だからこそ、この子にはできるだけのことをしてあげようと思う。でも、そう思うあまり、ちょっとこの子に厳しすぎるかな」

「ねえ、今度の日曜日には三人で遊園地にでも行きましょうよ」

そうだな、と答えながら正志さんは真理の頭をそっと撫《な》でた。

「この子が大きくなる頃には、きっと世の中は大変なことになっている。なんとか幸せになってほしいものだ」

真理は眠ったふりを続けたまま、このふたりのことをもっと好きになれますように、と祈っていた。とりあえず、次の日曜日が待ち遠しかった。

でも、楽しいはずの日曜日はやってこなかった。

真理は毎朝六時半に起きて、正志さんと礼子さんと一緒に食事を摂《と》ることになっていた。その日、三〇分寝坊した真理は慌ててパジャマを脱ぎ、洋服に着替え、ダイニングルームに降りていった。

ちょっと変だな、と真理は思った。

普段なら、五分も寝坊すると礼子さんが大声を上げながら起こしにくるのに。

ダイニングルームに足を踏み入れて、真理は愕然《がくぜん》と立ち尽くした。

部屋中がめちゃくちゃに荒らされている。

開いたままの窓から風が入り、カーテンがばたばたと揺れていた。

「正志さん！　礼子さん！」真理は怖くなって大声を出した。

だが、返事はない。

庭に飛び出してもう一度ふたりの名前を叫んでみた。

ひどく風が強い。風の音でなにも聞こえない。

真理の小さな体が吹き飛ばされてしまいそうな強い風だ。

真理は、庭に落ちている正志さんと礼子さんの洋服に気づいた。

仕事に出掛ける時、ふたりがよく着ていたスーツだった。

そのふたりの服が庭の片隅で風に吹かれてはためいている。

一体、何があったんだろう。

真理にはわけが分からなかった。

まるで正志さんも礼子さんも風にさらわれて消えてしまったみたいだった。

洋服だけを残して。

そうして二度とふたりは真理の前に現れなかった。


真理は流星塾に戻った。

桑田正志、礼子、両名は何らかの事件に巻き込まれた可能性が高いと警察は捜査を始めたが、何の手掛かりも摑《つか》めなかった。

真理は長い間、あのふたりをお父さんお母さんと呼べなかったことを悔《く》やんでいた。

きっとふたりとも、心の底ではそう呼んでもらうことを望んでいたのだ。

謎の失踪《しっそう》事件から一ヵ月程経ったある日、桑田正志の兄と名乗る男が真理を訪ねて流星塾にやってきた。

男は黒いアタッシュケースを真理に差し出し、

「正志からだ」

と言い残して姿を消した。

開けてみると、見たこともないもの——なにかベルトのような物が入っていた。

それがファイズツールだと、真理は後になって知ることになる。

真理の話を聞き終えると、石橋先生は何も言わずに立ち上がった。

「先生？」

「君は幸運だったな。里親が殺されるところを見なくて済んだのだから」

「どういう意味ですか、それ」

殺された？

正志さんが？　礼子さんが？

もちろん真理もその可能性を考えなかったわけではない。だが、そんなふうにはっきり言われるとやはりショックだった。それに、流星塾生たちを貰い受けた里親が全員殺されたというのは、どういうわけなんだろう。とても偶然という言葉では片づけられない。

今は何も言えない、と石橋先生は言う。

「他の塾生たちからも話を聞いてみないとな」

自分も連れてってくれ、と真理は頼んだ。

たとえ断られても、何がなんでもついていくつもりだった。

このままじゃ、きっと眠れない夜が続くに決まっている。

真理よりひとつ年上の犬飼彰司は、古びた木造アパートの一室で人目を避けるように暮らしていた。一応、部屋には上げてくれたが、彰司は真理と先生の訪問をあまり喜んではいないようだった。

犬飼彰司は流星塾の頃、よく草加雅人をいじめていた連中のひとりで、たびたび真理ともケンカをした。

無口で陰気なタイプだった。

「電話でも話した通り、ちょっと君に聞きたいことがあってね」

先生は真理にしたのと同じ質問を繰り返した。

里子時代のことを教えてほしいのだが……。

彰司はテーブルの上で真理と先生にお茶を入れているところだった。

その急須《きゅうす》がごろんとテーブルの上に転がった。

彰司の手が灰化していた。

あっという間に全身が灰になり、ぐしゃりと崩れた。

――オルフェノク！――

心の中で真理は叫んだ。

「き、来たのか、奴が……ここに」

感情を表に出さないはずの先生の顔に、はっきりと恐怖の色が浮かんでいた。

「逃げるんだ、園田！　早く！」

先生のすぐ後ろを真理は走った。途中で転倒し、先生の姿を見失った。
真理は名前を叫びながら先生を探した。
前方の電信柱の陰から、ひどく疲れた様子でふらりと先生が現れた。
先生は真理に手を振った。
その手が灰になり、風に流れた。
以前、真理の頭をよく撫でてくれたあの大きな手が消滅した。

# 第九章

菊池クリーニング店に戻ると、真理は今日あった出来事を全て巧と啓太郎に話した。

まだ体が震えていたし、頭がぐちゃぐちゃに混乱していた。

自分でもうまく話せているのか分からなかった。

啓太郎は目をまんまるにして真理の言葉を聞いていた。

巧も珍しく真剣だった。

真理が話し終わるまで、ふたりとも口を挟《はさ》まなかった。

巧も啓太郎も真理が流星塾という養護施設で育ったことは知っていた。

が、それにしても真理の話は異常だった。

真理が聞いたという石橋先生の言葉が真実なら流星塾にはなにかとんでもない秘密がありそうだ。

また、なぜオルフェノクが突然襲ってきたのか？

流星塾とオルフェノクと、なんらかのつながりがあるのだろうか？

「よし、調べてみようぜ、おれたちの力で」

真理の話が終わると、しばらくの沈黙の後、巧がそう言いだした。

真理は里子に出された流星塾生たちの名簿を取り出しテーブルに広げた。

灰になった石橋先生が所持していたものだった。

この名簿を拾い上げた時、悲しみと混乱の中にあっても真理はこれから自分がするべきことを知っていた。謎を解明しなければならない。

知らず知らずのうちに、真理は流星塾の秘密に足を突っ込んでいたのかもしれないのだ。

啓太郎も一緒に行くと言い張ったが、巧は万一の場合足手まといになると言って反対した。

都合よくその時啓太郎の携帯にメールが着信した。『曇りのち晴れ』からのメールだった。

啓太郎が返事を打っている間に巧と真理は姿を消した。

真理はまず木村沙耶を訪ねてみようと思った。

流星塾の中で、いちばん仲のいい女の子だった。

「でもよ、流星塾とオルフェノクとどんな関係があるんだ？　お前、なんか心当たりないのか？」配達用バンの中で巧が真理に尋《たず》ねてきた。

「ないよ、そんなの」

あるはずがない。こっちが聞きたいぐらいだ。

「まあいい。とにかく調べてみるさ」

怠け者の巧がこんなに積極的なのはやっぱりオルフェノクが関わっているからだろう、と真理は思った。

もちろん偶然かもしれない。

偶然、石橋先生と犬飼彰司はオルフェノクに襲われたのかもしれない。

だが、出来過ぎてる。なにかあると思うほうが自然だ。

巧も真理もまだオルフェノクについてほとんどなにも知らなかった。

一体奴らはなんなのか？

なぜ、死んだ人間が時としてオルフェノクとして復活するのか？

警察もマスコミもオルフェノクについて全く公表しないのも不思議だった。

だが、オルフェノクのことは随分前からインターネットの多くのサイトに書き込まれ、様々な議論を巻き起こしていた。

単なる都市伝説だ、いや、紛《まぎ》れもない事実だ、などなど……。

『オルフェノク』と言う名前も、そんなサイトの中で誰かが考え出したものだった。

それは『オルフェ』と『エノク』——ふたつの名前に由来していた。

『オルフェ』というのはギリシャ神話に登場する詩人であり、また竪琴《たてごと》の名手だった。

神話によればオルフェは亡き妻を求めて冥界《めいかい》に下る。そこで妻に出会ったオルフェは冥界の王ハデスとある約束を取り交わす。冥界の森を抜けるまで、決して妻を振り返って見てはいけない、と言うのだ。もしオルフェが妻を見なければ妻は現世に復活することができる。

が、オルフェは誘惑に負ける。妻を振り返ることで永遠に妻を失ってしまう。

『エノク』のほうは創世記に登場する聖人の名前だ。

三六五年生きた後、カインの息子であるエノクは神に選ばれ、生きたまま昇天し大天使メタトロンになったと言う。

なにがオルフェノクだと真理は思う。

詩人と天使の名前を合わせ持つなんてふざけるにもほどがある。

木村沙耶は海が見える新興都市の高層マンションで暮らしていた。

真理がインターフォンを押すと、

「どちらさまですか？」

と言う声がスピーカーから聞こえてきた。

間違いない。沙耶の声だ。

「突然ごめん。園田真理なんだけど」

次の瞬間、勢いよく玄関ドアが開き、沙耶が真理に抱きついてきた。

ひまわりが飾られたダイニングテーブルで、巧と真理は沙耶が出してくれた冷たい麦茶を飲みながらクッキーをつまんだ。

「もういいから早く沙耶も座りなよ」

「うん。ちょっと待って。とってもおいしいケーキがあるの」

クッキーの次はチョコレートケーキだった。

「ごめんなさいね、甘いものばっかりで」

「いや、おれ、甘いもん好きだから」沙耶の言葉に巧が言う。

巧は少し緊張しているようだった。

珍しいことだけれど無理もない、と真理は思った。流星塾の頃からいちばんの美人だったが、真理より二つ年上の沙耶はさらに美しく成長していた。

真理にも分かる大人の色気がある。清潔感があり、落ちつきがある。

長田結花も美人だが、ああいう神秘的な美しさよりも親しみが持てる。

「それで、今、どうしてるの？　がんばって生きてる？」沙耶が真理に聞いてきた。

「うん。まあ、なんとか」

真理はざっと自分の近況を報告した。まだ、石橋先生の件は持ち出さない。

久しぶりに会った友だちと、もうちょっと普通の話がしたかった。

沙耶はモデルの仕事をしていると言い、凄《すご》いじゃんと声を上げる真理に、手専門のモデルだからそんな大したもんじゃない、と謙遜《けんそん》した。

手タレってやつ？

そうそう、それ。沙耶は笑いながら白い手袋に包まれた両手を広げた。

そうだったんだ、と真理は納得した。

手袋なんかしてるから怪我《けが》でもしたのかなって思ったけど、仕事のためだったんだ。

商売道具を傷つけちゃいけない。だからいつも手袋をしている。

それから沙耶は暇な時にはボランティアであちこちの養護施設を回り紙芝居を見せていると教えてくれた。

流星塾の頃、紙芝居のお兄さんやお姉さんが来るのが楽しみだった、だから自分も同じことをしているのだ、と。

やっぱり沙耶は凄い、と真理は思った。子供の頃から真理は沙耶に憧《あこが》れていた。

美人で思いやりがあって向上心に溢《あふ》れている。

いじめられっ子の草加雅人をいつも真理は庇《かば》ってやったが、雅人はと言えばなにか悩み事があると沙耶のほうに相談した。

当時はそんな雅人にむかついたが、今思えば当然のことだ。

そういえば沙耶の誕生日に、真理は手作りのネックレスをプレゼントしたことがあった。缶ジュースのプルリングにマジックで色を塗り、糸でつなげただけの粗末なネックレスだった。そんな恥ずかしいネックレスを、沙耶はうれしそうに身につけてくれた。


テーブルの下で巧が真理の足を蹴《け》った。早く本題に入れ、という合図だった。

——分かってるよ、うるさいな——

麦茶を飲みながらチョコレートケーキを食べ終えると、真理は申し訳なさそうに沙耶を訪れた本当の理由を話しはじめた。

石橋先生と犬飼彰司の死については黙っていた。沙耶を悲しませたくなかったし混乱させたくなかった。要するに里子時代の話が聞ければいいのだ。

流星塾の子供たちを引き取ってくれた里親たちは、本当にみんな殺されたのか？

「殺された？　石橋先生がそう言ったの？」真理の話を聞くと、さすがに沙耶はびっくりした様子だった。

「うん。だから私もちょっと気になって」

「……なにかの間違いじゃないかな」少し考えてから沙耶は言った。

「じゃあ、一度引き取られたのになんで沙耶は流星塾に戻ってきたわけ？」

「私の場合は簡単な話よ。先生になにも言うなって言われて黙ってたけど……」

子供のいない夫婦に沙耶は貰《もら》われていった。だが、その直後に奥さんの妊娠が分かった。だから沙耶は流星塾に戻された。

――それが沙耶が話した内容だった。確かに簡単な話だった。

沙耶のマンションを出る時、真理は廊下のキャビネットの上に一枚の写真が飾られているのに気づいた。

沙耶と誰か男の人が腕を組んでいる写真だった。

「なにこれ？　カレシ？」

「こらこら。見ない見ない」

真理はもっとよく見ようと顔を近づけたが、沙耶は恥ずかしそうに素早く写真を隠してしまった。

「真理のほうこそラブラブなんじゃない？」逆に真理の耳元で尋ねてきた。

「カレシでしょ？　素敵じゃない」

もちろん巧のことを言っているのだ。

「違うって。嫌だよ、こんなの。あり得ないから」

「おれだって嫌だ。ありえ得ない」

こういう時だけ、真理と巧は気が合った。


「一体どういうことなんだ？　結局、石橋とかいう先生のカン違いだったたってことか？」

帰り道、配達用バンの中で巧が真理に話しかけた。

「よく分からないな。巧はどう思う？」

「少なくとも木村沙耶の話は嘘じゃなさそうだ」

「うん」

沙耶が嘘を言うはずがない。やはり石橋先生のカン違いだったのか？　しかし、そんなに簡単に結論を出すのも違う気がした。大体、石橋先生はなにをどうカン違いしたのか？

里親全員が何者かに殺されたなんてとんでもない話は一体どこから出てきたのか？

そんなことを考えていると、真理はまたブルーな気分になってきた。

灰になって消えた先生の姿が思い出される。

「で、どうなんだ最近。木場勇治とかいう偽善者《ぎぜんしゃ》とはうまくやってんのか？」

急に話題を変えて巧が真理に聞いてきた。

マンションでの焼き肉パーティ以来、巧は勇治を偽善者と呼んだ。

どうも勇治が気に入らないらしい。

「話したくない」

素っ気なく答えた。

「お前、性格悪いかんな。嫌われてんじゃねぇのか？」

そうかもしれない、と真理は思った。

嫌われてんのかも。あ〜あ、最近なにもいいことがない。

「バーカ！」試しに真理は言ってみた。

「なんだよ、それ」ハンドルを握りながら巧が真理を睨《にら》みつける。

真理は続けた。

「バカバカバカバカバカ！」

「バカはお前だろ。バカバカバカバカバカ！」

予想通り巧が言い返してくる。

低次元な争いもたまにはいい。一時的にせよ、気が晴れる。

# 第一〇章

約束の時間より一五分早く真理は待ち合わせの場所に着いた。

今日は勇治とのデートだった。いつも真理のほうが早い。

真理のほうが早く着いて勇治を待つというのがパターン化していた。別に勇治が遅れてくるわけではない。時間に正確な勇治は一分の狂いもなく約束の時間にやってくる。

真理が早すぎるだけの話だ。それが真理にはなんとなく悔《くや》しい。

真理は待ち合わせの場所を離れ、近くの本屋でファッション雑誌の立ち読みを始めた。

——よし、今日は少し遅れていってやろう——

と心の中で決心した。

——たまにはいいじゃん——

真理を探してキョロキョロする勇治の姿を見てみたい。いつも真理がそうしてるみたいに。

最初一〇分遅れにしようと思ったが、少し長すぎる気がした。

勇治が怒って帰ってしまったら大変だ。五分遅れにすることにした。

もう秋だ。

雑誌をめくっていると自然と真理の口からため息が漏《も》れた。雑誌のモデルたちは早くも冬服の装いである。季節が変わっても勇治と真理の関係にはまるで進展がなかった。相変わらずふたりの間には壁があった。

前の前のデートの時、真理は思い切って自分の過去を勇治に話した。

幼い頃、火事で両親を失ったこと——。

流星塾で育ったこと——。

勇治は真剣に聞いてくれた。

真理が不快にならない程度の同情を示し、わざとらしくない程度に励ましてくれた。

でも、それだけだった。勇治が態度を変えることはなく、だから真理も変われなかった。

表面的な会話——。表面的なデート。

真理は同情されるのが嫌で過去のことをずっと黙っていたけれど、こんなことならもっと同情してほしかった。なにも変わらないよりは全然ましだ。

真理はふと、実は問題はすごい簡単なことなんじゃないか、と思い当たった。いや、本当はずいぶん前から考えていたことだ。

まだ、エッチもキスもしていない。手も握っていない。

——だからなのかも——

真理は作戦通り五分遅れで待ち合わせの場所に着いた。

変だな、と真理は思った。勇治がまだ来ていない。

いや、待て、もしかしたらもう帰ってしまったのかもしれない。

——やばすぎだよ、マジ。ああ、どうしよう！　きっとそうだ、木場さん、怒って帰っちゃったんだ。小技使った私がいけないんだ！　ああ、どうしようどうしようどうしよう——

「って言うか待てよ」次の瞬間ハッとなって真理は思わず声に出した。

昨日の夜、デートに遅れるのがいやで時計を一〇分進めておいたのを思い出したのだ。

今はまだ五分遅れではない。五分前だ。

——なあんだ——

ホッと胸を撫《な》で下ろした。

私、ひとりで何やってんだろ、馬鹿みたいだ。

約束の時間通りに木場勇治はやってきた。

同じ日の同じ時間、啓太郎は結花を待っていた。

啓太郎がワンピースを買ってあげた次の日、驚いたことに結花はお礼を言うために菊池クリーニング店にやってきた。その時、携帯の番号を教えてもらって、ふたりはちょくちょく会うようになっていたのだ。

啓太郎は人生最高の幸せを味わっていた。

——ついにぼくにも彼女ができたんだ——

しかもすごい美人だ。デートのたびに貯金通帳の残高がガタンと減ったが気にもならない。結花が喜んでくれればそれだけでうれしい。

今、心配なことと言えばメル友の『曇りのち晴れ』のことぐらいだった。自分だけ幸せになればいいというもんじゃない。なにしろ啓太郎の夢は世界中の人々を幸せにすることなのだ。

洗濯物を真っ白にするみたいに。

最近、『曇りのち晴れ』から送られてくるメールの内容が変わってきた。なんか暗くなった。前は明るく楽しそうだったのに。昨日来たメールなんか最悪だった。

『今、泣いています。涙がとまりません。いやな匂いがします。私の心の匂いです。私は私がいやでいやでたまりません。死んでしまいたい気分です』

啓太郎は返事を送った。

『馬鹿なことを言わないでください。なにがあったのか知らないけど、人生は洗濯物と同じです。いくら汚れてもまたきれいに洗えばいいんです。涙を拭《ふ》いて窓を開けてください。そして空を見てください』

私はなんでこの人と会ってるんだろうと結花は思った。

今日のデートは結花が雑誌で見つけた超高級フランス料理店での食事だった。啓太郎はいつものように幸せそうな表情で食事を続けている。

結花にしてみれば最初は好奇心に過ぎなかった。自分のことを下から見上げるようにして優しくしてくれる人は初めてだったからだ。今まで出会った人はみんな上のほうから結花のことを見下ろしていた。だから啓太郎に会うのが面白かった。気分がよかった。

だんだんと結花はわがままになった。いろいろな物を買ってもらった。

もう結花の部屋は啓太郎からのプレゼントでいっぱいだった。

今、結花が着ているフォーマルドレスも今日のデートのために買ってもらったものだ。

啓太郎はどんなわがままでもきいてくれた。結花のわがままをきいてやるのがうれしいみたいだった。

そのうちに結花のほうがいらいらしてきた。啓太郎の幸せそうな顔がにくたらしい。

なにがそんなにうれしいのか？　楽しいのか？

だから結花はいじわるをした。

人への残酷さが実は自分の喜びになることを結花は知った。

今も結花は啓太郎に対し、残酷な遊びを続けていた。

結花が注文したフランス料理が運ばれてくる。ひとくち食べると顔をしかめ、結花は手話で啓太郎に言う。

——まずい。あなたが食べて——

そして自分は別の物を注文する。

店に入ってからずっとそんなことを繰り返していた。

注文してはまずいと言い啓太郎に食べさせる。もう二〇品を超えていた。

それでも啓太郎は幸せそうだった。

「結花さんの好きなものが見つかるまでどんどん頼みなよ。嫌いなものは全部ぼくが引き受けるからさ」

そう言う啓太郎の笑顔を見てますます結花は意地になる。

残酷な遊びが終わり家に帰ると、結花は必ずメル友の『正義の味方』にメールを打った。

ひどく悲しいメールだった。

真理と勇治は公園のベンチに座っていた。

もう夜だ。

今日はあれから美術館に行った。その後、食事をして勇治の車で菊池クリーニング店まで送ってもらった。

——これで終わりなわけ？——

真理は思った。

いやだ、まだ帰りたくない。

そして、少し公園を歩きませんかと真理は勇治を誘ったのだ。

美術館は退屈だった。勇治は展示されている絵画よりも建築物としての美術館に興味があるみたいだった。

きれいな建物。きれいすぎる建物。

清潔な館内にはゴミひとつ落ちていない。真理はポケットからガムの包み紙を取り出し、勇治に気づかれないように床に落とした。

公園のベンチに座りながら、真理は美術館にいた時と同じような気持ちになっていた。きれいすぎるものを汚したい、そんな気分だ。

勇治はさっきからずっと黙っている。頭のうしろで手を組んで、夜空を見上げて何も言わない。星の数でも数えているみたいに。

女の子のほうからこんなおいしいシチュエーションを作ってあげたのに、と真理は思う。なんでこの人はなにもしてこないんだろう。

「木場さん、私のこと、どう思っているんですか?」

真理は思い切って聞いてみた。星の数を数え終わるのを待っているわけにはいかない。

勇治は驚いたように真理を見つめた。

こんな質問が飛んでくるとは思わなかった。

でも、当然と言えば当然のことだ。勇治と真理は付き合っている。カレシとカノジョだ。

そのことを勇治は忘れていた。

勇治は直也の言葉を思い出した。

——お前は自分が人間であることを確認するために女を利用しているだけだ——

その通りかもしれない。でも、なにが悪い。

勇治はオルフェノクに変身するたびに心の底から聞こえてくる不気味な声と戦っていた。

殺せ……殺せ……殺せ……。

あの声に勝つためには人間であることを思い出さなければならない。そうでなければ身も心も完全なモンスターになってしまう。だから勇治だって切羽詰《せっぱつ》まった気持ちで真理と付き合っているのだ。

人間だからデートをする。人間ならばわけもなく人間を殺すことはない。

「答えてください。私のこと、好きか嫌いか」

「そろそろ帰ろう。もう遅いし」勇治はベンチから立ち上がった。

「いや」

真理は勇治の背中にしがみついた。

勇治は真理の頬《ほお》の熱を背中に感じた。体を貫《つらぬ》くような熱だった。

そして知らないうちに自分が真理を深く傷つけていたことに初めて気づいた。

その時、暗い風のようなものを勇治は感じた。

不意に体に緊張が走った。

真理と勇治——ふたりだけの世界になにか不吉なものが近づいてくる。

間違いない。

殺気だ。

「どうかしたんですか、木場さん?」

「逃げるんだ!」

勇治は真理の手をとって走り出した。

真理にはまだなにが起こっているのか分からない。

勇治の体が大きく吹っ飛び、闇の中から現れるオルフェノクの姿に気づいて初めて真理は悲鳴を上げた。

両腕に巨大な鎖鉄球を装備したオックスオルフェノクだった。

携帯を取り出し、いつものように巧に連絡を取る。

「巧！　大変だよ！　すぐ来て！」

勇治は素早く起き上がって再び真理の手を握りしめた。

――まずいな――

真理の前では変身できない。真理にオルフェノクとなった自分の姿を見せたくはない。

オックスオルフェノクは鎖鉄球を振り上げて勇治を狙った。その攻撃をかいくぐり、勇治は真理の手を引き走り始める。

が、鎖鉄球の攻撃範囲は勇治の想像を超えていた。背後から飛んできた鉄球がメキッと脇腹を直撃する。その場に膝《ひざ》をつき、勇治は前のめりに倒れ込んだ。

「木場さん！　木場さん！」

真理の声がやけに遠い。

なにも見えない。

勇治が気を失いオックスオルフェノクが真理に向かって鎖鉄球を振り上げた時、バイクの爆音が聞こえてきた。

「巧！」

ヘルメットを取った巧が真理を庇《かば》うように駆け込んでくる。

「変身！」

装着したベルトのホルダーに、巧は携帯電話型変身ツールをたたき込んだ。流体エネルギー、フォトンブラッドが赤く光りながら巧の体を駆けめぐる。

巧はファイズに変身した。超金属の仮面の騎士――。

オックスオルフェノクの鎖鉄球が唸《うな》りを上げてファイズを狙った。

ファイズは動こうとしない。

ひゅんと音を立てて閃光が走った。

同時に巨大な鉄球が真っ二つに断ち切られる。

それが赤い光の剣――ファイズエッジのパワーだった。

オックスオルフェノクは鋭い角《つの》を振り上げ、怒りの咆哮《ほうこう》と共に頭からファイズに突っ込んでくる。

二度、三度とファイズは剣を振るった。

ファイズエッジの赤い光が闇に何本もの線を描く。その残像が消えると同時にオックスオルフェノクは青い炎を上げ灰になって消滅した。

一瞬のうちにファイズの剣は敵の角を切断し、体を真っ二つに切り裂いたのだ。

「巧！」

走り寄ろうとして真理は立ち止まった。

まだ戦いは終わっていない。

もう一体の敵――スカラベオルフェノクが現れたのだ。

オックスオルフェノクを倒したファイズには一瞬の隙《すき》が生まれた。

全身を岩のような鎧《よろい》に覆《おお》われた甲虫タイプのスカラベオルフエノクは背後からファイズに襲いかかった。凄《すさ》まじいショルダー・タックルのパワーにファイズの体が宙に舞う。

倒れた背中を、熱い唾液《だえき》が滴《したた》って溶かした。鋭い牙《きば》がファイズの首筋に近づいてくる。

「巧！」

名前を叫ぶだけで真理にはなにもできない。そんな自分が歯痒《はがゆ》かった。

スカラベオルフェノクの牙がファイズの首に突き刺さる寸前、闇の中からバイクのライトが近づいてきた。

バイクが停まり、誰かが降り立つ。

公園の常夜灯を背にして、そのシルエットは少しの間、真理を見つめた。

「変身！」

男は巧と同じようにベルトを装着し、変身した。

もうひとりの仮面の超人が現れる。

カイザだ。

スカラベオルフェノクはギギッと鳴きながらファイズから離れた。

無数の牙を剝《む》き出しにし、猛然とカイザに襲いかかる。

勝負は一瞬にして決まった。

カイザが腰のブレイガンを抜き、何発ものエネルギー弾がスカラベオルフェノクの全身を貫通した。

顔面と胸に無数の穴が開き、スカラベオルフェノクは灰になってぐしゃりと崩れた。

真理の目の前でもうひとりの超人が変身を解いた。

「真理」

優しく男が名前を呼ぶ。

男ははにかんだように微笑《ほほえ》み、耳の裏を掻《か》いた。

見覚えのある笑顔と仕種だった。

「……草加……君？」

草加雅人だった。

# 第一一章

草加雅人が突然、真理の前に現れ菊池クリーニング店で一緒に暮らすようになってから一ヵ月が経っていた。

あの夜の戦いの後、真理は巧と啓太郎に草加雅人を紹介した。

流星塾で一緒だった幼なじみだ、と。

雅人は爽《さわ》やかな笑顔で頭を下げた。

「それにしても驚いたな。君とこんな形でまた会えるなんて」

真理にしても同じ気持ちだった。驚いたなどというレベルではない。

大体なんであの草加雅人が変身ベルトを持っているのか？

真理はファイズのベルトについて雅人に語った。

まず真理が手に入れ、今は巧がそのベルトの力でオルフェノクと戦っていること――その経緯を詳しく話した。

「で、なんで草加君がファイズのベルトを持ってるわけ？」真理は尋《たず》ねた。

「いや、おれが変身したのはファイズではない。カイザだ」

だが、雅人はそれ以上のことは言葉を濁した。

君がファイズのベルトを持っているなら、おれがカイザのベルトを持っていてもおかしくはない、と言っただけだ。

いつからオルフェノクと戦っているのか、オルフェノクについてどれだけのことを知っているのか、いくら真理が尋ねても答えようとしない。

「君には普通の女の子として生きてほしかった。オルフェノクの存在を知る事なく」

それが雅人の答えになっていない答えだった。

雅人は巧に握手を求めた。

「だが、君に会えたのは収穫だった。同じ戦士としていろいろ教えてほしい」

「ああ」

「ちょっとタッ君、ああってことはないんじゃない？　もっと愛想よくできないわけ？」

握手に応えようともしない巧に啓太郎が言う。

「いいんだ。きっと彼、疲れてるんじゃないかな。さっきは随分オルフェノクにやられてたみたいだからね」

そう言って雅人はチラッと笑った。

巧と雅人——どうもこのふたりはヤバそうだ、と真理は思った。

相性が悪い感じがする。

それから雅人は啓太郎を相手に流星塾の思い出、真理との思い出を語り始めた。

いじめられっ子だった雅人をいつも真理が助けてくれたこと――。

泣いてばかりいた雅人を真理が励ましてくれたこと――。

真理の昔のあだ名を知って啓太郎は大喜びだった。

殺し屋――それが真理のあだ名だった。

雅人を庇《かば》っていじめっ子たちと戦う時、真理は様々な凶器を振り回した。

モップやバケツ、時にはバットやノコギリまで。

それで殺し屋になったのだ。

流星塾の話なら真理は雅人に聞かなければならないことがあった。

里子時代についてだ。

真理は石橋先生に聞いた不気味な話を雅人に教えた。

流星塾生を引き取った里親たちはみんな誰かに殺された、と。

「確か草加君も一度、引き取ってもらったでしょ？　でもすぐに帰ってきたよね」

雅人はジッと真理を見つめた。思わず真理がうつむいてしまうほど強い視線だった。

「真理、おれに言えることはただひとつだ。子供の頃、君はいつもおれを助けてくれた。だから今度はおれが君を助ける。おれの力で君を」

巧はずっと雅人の手を見つめていた。

話の途中、何度も雅人は掌《てのひら》を拭《ふ》いた。

掌から指の一本一本をウェットティッシュで丁寧に拭《ぬぐ》った。

それが草加雅人の癖だった。


あれから一ヵ月が過ぎた。

ダイニングでテレビを見ている巧と真理の耳に啓太郎の声が聞こえてくる。

「草加さんの料理って、ホント、プロ並だよね。凄《すご》いな〜」

キッチンで料理をする雅人を、啓太郎が手伝っているのだ。

雅人に一緒に暮らそうと誘ったのはもちろん啓太郎だった。巧と違って啓太郎は雅人に好意を持ったらしい。ひとつ屋根の下にいればオルフェノクと戦う時心強いし店も助かる——そういう啓太郎の考えは確かに正しかった。

少なくとも店は大いに助かっている。

雅人はどんなことでも器用にこなした。

クリーニングの仕事もすぐに覚えたし料理や掃除も真理よりずっと手際がよかった。

雅人があんまりよく働くので巧と真理は時々ヒマを持て余してしまう。

「ねぇ」

テレビを見ながら真理が小声で巧に尋ねた。

「巧、草加君のこと、嫌いでしょ？」

「別に」巧が答える。

「いいよ、とぼけなくて。でもどうして？」

「なんとなくな」

なんとなくか——そう言われては話は終わりだ。

「んなことより、最近お前、ちょっと暗くないか？」逆に巧が聞いてきた。

「別に」

「とぼけんな。なにかあったのか？」

「なんとなく」

そう答えたものの、真理にははっきりとした理由があった。

この一ヵ月、ずっと気になっていることがあったのだ。

勇治のことだ。

公園でオルフェノクに襲われて雅人が現れたあの日、気がつくと勇治の姿はどこにも見えなかった。そしてあれ以来、全然連絡が取れないのだ。

電話をしても出てくれない。何回かマンションに行ってみたがいつも応対するのは直也だった。

勇治は留守だ、でも元気だから心配はいらない――そう言われてホッとしたが会えないのは辛《つら》かった。せめて電話にぐらい出てほしい。

やはりオルフェノクに襲われたことがショックだったのだろうか？

当然と言えば当然だけど。

「おまちどおさま」

啓太郎が自慢そうに料理を運んできた。まるで自分が作ったみたいだ。

鶏もも肉のマスタード焼きとむきエビのオレンジソース煮とポタージュスープ。

本当にほとんどプロの技だ。

「お口に合わなかったかな？」やがて雅人が巧に声をかけた。

巧はほとんど料理に手をつけていない。

「君の分はちゃんと冷やしてあるはずだけど」

「うますぎるんだよ、お前の料理は。だからすぐに飽きちまう」

「そ、そんなひどいよ、タッ君！　せっかく草加さんが心を込めて作ったのに！」

「いいんだ、気にしなくて」啓太郎の言葉を遮《さえぎ》って雅人が言う。

「そう言えば聞いたことがあるな。猫舌の男は頼りがいがないってな」

「ああ、そうかよ」巧が応じる。

「お前のほうこそなんなんだ？　なんでいつもいつも手ばっかり拭いてるんだ？」

食事を終えて、いつものように雅人はウェットティッシュで手を拭き始めていた。

「関係ないな。君には」雅人が言う。

このふたりは――巧と雅人の顔を交互に見つめながら真理は思った。

ひとつだけ似ているところがある。

自分のことをほとんど話さないところだ。あとは全然違うけれど。


その夜、トイレに起きた真理は雅人の部屋の前で立ち止まった。

雅人の低い声が聞こえてきた。誰かと電話で話しているところらしい。

「いい加減にしろ。もうお前には用はない」

いつもの雅人とは思えないゾッとするような冷たい口調だった。

「おれは二度とお前のもとには戻らない。今のおれは以前のおれとは違うんだ。望むもの全てをおれは手に入れてみせる。誰にも邪魔はさせない。お前にもな。ああ、そうだ。おれが欲しいものは……園田真理だ」

# 第一二章

「くそったれ」

配達用バンの中で何度も巧は悪態をついた。

またジャンケンに負けてしまったのだ。誰が洗濯物の配達に行くかを決めるジャンケンだった。当然、新参者の雅人が行くものと思ったら、その雅人がジャンケンで決めようと言いだした。きっと啓太郎か真理に巧のジャンケンの弱さについて聞いたのだろう。

そしていつも通り負けたのは巧だった。

「くそったれ」

巧は配達の仕事が嫌いだった。

洗濯物を届け、客に頭を下げて礼を言うのがどうも苦手だ。かと言ってあまり無愛想にしていると店に文句の電話がかかってくる。今までに二度そんなことがあり、巧はその日一日啓太郎からネチネチと文句を言われた。

「くそったれ」

悪いのは草加雅人だ。

真理に言われた通り、巧はどうも雅人のことが好きになれない。

一見、いかにも爽《さわ》やかそうだが、そのくせ、ふとした瞬間、ガラリと表情を変え暗い目つきになる。嫌な上目遣《づか》いで真理の全身をなめ回すように見つめている。

巧を見ていることもあった。

いちいちウェットティッシュで手を拭《ふ》くのにもいらいらする。

ツラも気に食わないし、しゃべり方も歩き方もなんかムカつく。

それに謎が多すぎて陽炎《かげろう》みたいに掴《つか》み所がない。

――まあ、向こうもそう思ってるだろうけどな――

巧はそれ以上、雅人について考えるのをやめた。嫌な気分になるだけ損だ。

だが一軒目の配達を終え、二軒目に向かう途中、バンが動かなくなり巧はまた雅人のことを思い出した。

――これも奴のせいだ――

あちこち車体をチェックしていると一台の車が傍《そば》で停まった。

窓が開き、見覚えのある顔が現れる。

「乾巧君、だよね」

木場勇治だった。

「ああ、偽善者《ぎぜんしゃ》か」

「なんだって？」

「なんでもない」

　とことんついていない。

　今度は木場勇治か。こいつもなんか気に食わない。こんな奴に会いたくない。

「故障かな。見てみよう」

　勇治は車から降り、巧と一緒にバンを調べた。だが、結局バンは動かなかった。まだ配達は始まったばかりだ。バンの中には山のように洗濯物が残っている。

「よかったら、配達、手伝うけど。おれの車で」

「そうか。じゃ、ま、よろしくな」

　すたすたとその場から立ち去ろうとする巧の後ろ姿に勇治は呆《あき》れて声をかけた。

「おいおい、待ってくれよ。それ、あり得ないから」

　やっぱりだめか。

　巧は洗濯物を勇治の車の後部座席に移しかえた。

　巧が助手席に乗り込み、勇治の運転で配達を始める。

「この間のパーティでは失礼した。でも、楽しかったよ」

車の中で勇治は巧に声をかけた。

「そうか？」巧はシートを倒し、目をつぶった。

「君のギターも凄《すご》くよかった」

「…………」巧は目をつぶったまま答えない。

「んなことより、お前、真理とどうなってんだ？　最近、あいつ微妙に暗いぞ」

「…………」巧の言葉に、今度は勇治が押し黙った。

あの公園でのデート以来、勇治は真理に会っていない。電話にも出ていなかった。

「ま、あいつ、性格悪いかんな。嫌いになるのはお前の自由だけど、そうならそうとあいつにちゃんと言ってやれよ」

「いや……別に嫌いになったわけじゃないけど」

そうだ、別に嫌いになったわけじゃない、と勇治は思った。

というかむしろ逆だ。勇治はいつの間にか真理に恋している自分に気づいていた。

だから、会えない。

夜の公園でオルフェノクに襲われた時、勇治は変身できなかった。

真理に自分の醜い姿を見せたくない、と思った。

そして勇治は真理を愛する自分の気持ちを知ったのだ。

真理の反応を想像するだけで怖くなった。オルフェノクとなった姿を見た瞬間、真理の中で人間としての勇治はきっと消滅するだろう。

あとに残るのは恐怖だけだ。

二度と真理が微笑《ほほえ》みかけることはないだろう。勇治に向ける真理の笑顔は永遠に消える。

そういうことを想像するということが勇治が真剣である証拠だった。

だから勇治は真理に会えない。

結局、自分はオルフェノクなのだ。

「嫌いになったわけじゃない? どういうことだよ」巧が尋《たず》ねる。

「おれは……」呟《つぶや》くように勇治は答えた。

「……おれは自分が嫌いなんだ」

人間とオルフェノクの共存が勇治の理想だった。

だが、真理の前で変身できなかった自分にそんな理想を掲《かか》げる資格があるのだろうか?

変身しなかったことは、自分で自分の姿を否定したのと同じだ。

自分で否定したものを他の人間が受け入れてくれるはずがない。

そんな想いを、ある夜、勇治は直也に相談してみた。

真理とのこと、自分の理想——。

直也の答えは簡単だった。

「ちゅーか、お前、馬鹿じゃねぇのか？　園田真理にマジで惚《ほ》れたんならそれがいちばんじゃねぇか。お前が人間だって証拠だろうが。お前は真面目過ぎるんだよ。うじうじくだらねぇこと考えてねぇで行くとこまで行け」

直也の言いたいことはよく分かる。多分、その通りなんだろう。だが、勇治にはそれができない。怖い。

直也と話しながら、勇治は初めて直也と出会った時のことを思い出していた。

もしかしたら、直也は勇治が考えるオルフェノクとしての理想像を体現しているのかもしれない。

出会った時から、直也は例外的なオルフェノクだった。

それは勇治がようやくオルフェノクである自分の生き方を決めた頃のことだ。

人間を守るために生きる、人間を襲うオルフェノクを倒す――それが勇治の答えだった。

その夜、勇治の車は豪雨の中を走っていた。

新しいオルフェノクの誕生を感じ取り勇治は車に飛び乗った。

ほとんどのオルフェノクは誕生の瞬間から人間の心を失ってしまう。

本能的に人間を襲いはじめる。

勇治は現場に急行した。

豪雨による土砂崩れでバスが崖下に転落していた。

車から降りると、半分潰《つぶ》れたバスが遥《はる》か眼下で白い煙を上げている。

おそらく多くの人間が死んだに違いない。

そして誰かがオルフェノクになったのだ。

勇治が見つめる中、やがてバスの車体を引き裂いてヘビタイプのオルフェノクがその姿を現した。勇治はスネークオルフェノクの意外な行動に思わず笑った。

まだ生きている人々の救出を始めたのだ。

「ちゅーか、おい、しっかりしろ！」

叫びながら怪我人を潰れたバスの中から引っ張りだし、携帯電話で救急車を呼び、その上苦痛に呻《うめ》く人々を励ますために演説をした。

「諸君、傷は浅いぞ、しっかりしろ！　弱気になるな！　諸君はまだラッキーだ！　おれ様を見ろ！　なんか知らんがいきなり化け物になっちまった。諸君はまだ人間だ！　生きていれば必ずいいことがある！」

それが海堂直也だった。

勇治が思うに、直也は人間を殺していない唯一のオルフェノクだった。

……殺せ……殺せ……。という心の底から湧《わ》いてくるあの声を、抵抗する事なく封印できるのは直也だけだ。

　直也に比べて自分は小さい、と勇治は思う。

　真理から逃げようとしている自分――。

　理想をあきらめようとしている自分――。

「自分が嫌いってどういうことだよ」助手席の巧が尋ねてくる。

　ハンドルを握ったまま勇治はそれ以上答えない。

　勇治の横顔を見つめながら、こいつはそんな悪い奴じゃないな、と巧は思った。

　勇治の心の痛みのようなものが、ぴりぴりと巧に伝わってくる。

　悪い奴じゃない、ただ真面目過ぎるだけだ、そんな気がする。

　少なくとも草加雅人よりはずっとマシだ。


　勇治に手伝ってもらって無事配達を終えて店に戻ってみると、直也が巧を待っていた。

　最初、巧は啓太郎が直也を招いたのかと思った。

　リビングでお茶を飲みながら、啓太郎は直也に結花のことを相談していたからだ。

「ちゅーか、お前だったのか？　最近、結花の奴をあちこち引っ張り回し、プレゼントしまくってる馬鹿な男は！」

「それで、どう？　結花さん、ぼくのこと、なんか言ってない？」

「言ってない言ってない」

「どう思ってるのかな、ぼくのこと」

「どうも思ってない思ってない」

「……そうなんだ……やっぱり……」

ショックのあまり啓太郎はフラフラと仕事場のほうに姿を消した。

「おお、待っていたぞ、乾巧君！」

巧に気づくと直也は両腕を広げておおげさに感動を表現した。

ガシッと巧の肩を抱き、うんうんと意味もなく頷《うなず》くと、持ってきたギターを巧の胸に押しつけてくる。

「よし、弾いてみろ」

命令した。

巧はなにも言わずギターを押し返し、ギロッと直也を睨《にら》みつけた。

だが、直也はあきらめない。

自分の部屋に行こうとする巧の前に回り込み、両手をついて土下座をした。

「頼む！　弾いてくれ！　この通りだ！　焼き肉パーティでお前のギターを聞いて以来、おれはお前に恋をしてしまったのだ」

「お前、おかしいんじゃないのか？　殴《なぐ》られないうちにとっとと帰れ！　大体ギターぐらい自分で弾けばいいだろうが」

「無理なんだな、それが」

直也は右腕の内側を巧に示した。肘《ひじ》から手首までまっすぐに一本の傷跡が走っている。ナイフの傷跡のようだった。

「ちゅーか、おれだって昔はお前と同じぐらい才能があったんだ。でもよ、今じゃギターを握ることができねぇ。この傷のせいで指先の感覚がなくなっちまった。世の中には人の才能を憎む奴らがいるんだ。わかるだろ?」

巧は腕の傷を見つめたまま直也の身に降りかかった悲劇を思った。

容易に想像できる悲劇だった。だが、それと巧のギターとどういう関係があるのか?

巧がギターを弾いたところで直也の傷が治るわけではない。

「お前、知ってるか?」傷をさすりながら直也は続けた。

「夢ってのは呪《のろ》いと同じなんだ。呪いを解くためには夢を叶《かな》えるしかねぇ。それができない奴はずっと呪われたままなんだ」

「お前、自分の夢をおれに押しつけようってのか? 無理だな。呪いを解きたきゃ自分の力で解くしかねぇ」

「ああ、多分な。でも、おれには分かるんだよ。お前の中の音楽が外に出たがってる」

それは直也も同じだった。ギターを弾けなくなった今でも直也の中では直也の音楽が鳴り続けていた。だが、直也はもう自分の音楽を世界に向かって解き放つことができない。

そんな自分がもどかしい。

けれども直也は知らなかった。

……殺せ……殺せ……人間を殺せ……——というオルフェノクとしてのあの声を、直也の中の音楽がずっと封じ込めていることを。

「弾いてあげなよ、巧」そう言ったのは真理だった。

雅人と一緒に買い物から帰ってきて、巧と直也のやりとりを聞いていたらしい。

「私も聞きたいってずっと思ってたんだ。すっごい良かったよ、巧のギター」

なんなんだ、どいつもこいつも、と巧は思った。

そして焼き肉パーティの時、ついなに気なくギターをつま弾いたことを後悔した。

人前でギターを弾くというのは自分の内面をさらけ出すということだ。

そんな恥ずかしいことができるか。

だが、直也は急に話題を変えて巧をホッとさせた。

直也はパッと笑顔になって真理を口説き始めたのだ。

「おお、真理ちゃん！　いいないいな〜、いつ見ても！　ちゅーか、聞いたぜ、木場の奴とうまく行ってないんだべ？　あんな奴はあきらめておれと付き合え、な、な！　大丈夫、ちゃんと避妊するから」

真理を守るように進み出た雅人が、ガッと直也を殴り飛ばした。


その夜、真理はひとりで公園のベンチに座っていた。

勇治と最後にデートした公園、そして勇治と一緒に座ったベンチだった。

木場の奴とうまくいってないいんだろ、という直也の言葉が忘れられない。

きっと勇治は直也に真理とのことを相談したのだ。

どう考えても楽しそうな相談ではない。

——別れたいならちゃんと言ってくれればいいのに——

と真理は思う。このままじゃ蛇のなま殺しだ。

真理は泣きたい気持ちをグッと堪えた。

頭の後ろで手を組んで夜空を見上げた。

最後のデートの時、勇治もこんな恰好《かっこう》で空を見上げ、星を数えてるみたいに黙っていた。

——始まる前に終わっちゃったのかな、私たち——

そう思いながら勇治が数えたかもしれない星を数えた。

「真理」

近づく足音に振り向くと、闇の中から現れた雅人がくぐもった声で呼びかけてきた。

「草加君」

真理は反射的に立ち上がり、自分でも知らないうちに後ずさった。

「おれは流星塾の頃からずっと君のことを思ってきた。それは今でも変わらない」

雅人の言葉は真理の体をすり抜けて闇に消えた。

その言葉は真理の中に留まらない。真理の心を震わせない。

「おれだけを見てくれ、真理。分からないのか？　君にふさわしいのはおれだけだ」

肩を抱いてくる雅人の手を振り払い、真理は闇の中に走り去った。

# 第一三章

——今日こそ啓太郎の最後だ——

待ち合わせの喫茶店で紅茶をスプーンでかき回しながら、結花は思わずそっと微笑《ほほえ》んだ。

初めてワンピースを買ってもらって以来、結花はずっと啓太郎との奇妙なデートを続けていた。

啓太郎の幸せそうな顔が嫌で結花は信じられないようなわがままを言う。それでも啓太郎はにこにこしている。

どんなに結花のわがままがエスカレートしても啓太郎の笑顔は変わらない。最後には悲しい気持ちになって家に戻りメル友の『正義の味方』にメールを打つ。

そんなことの繰り返しだった。

この前のデートで結花は指輪を買ってもらった。別に欲しかったわけではない。

その日思いついたいじわるのために必要な道具だったのだ。

指輪を買うということに啓太郎は興奮しているみたいだった。

「うれしいなぁ。ぼくが買った指輪を結花さんがしてくれるなんて」

いつもより弾《はず》んだ啓太郎の気持ちが伝わってくる。

作戦通りだ。

啓太郎と並んで歩きながら結花は歩道橋の上で立ち止まった。指輪を外し、交通量の多い幹線道路にぽとりと落とした。行き交う車の流れの中をころころと指輪が転がっていく。

――拾ってきて――

結花は手話で啓太郎に伝えた。これが結花が思いついたいじわるだった。

啓太郎はドライバーに罵《のの》しられ、車にはねられそうになりながらも指輪を拾って帰ってきた。

だが、結花はこの日、ずっとこのゲームを続けるつもりだった。

もっと高い所から指輪を落とす。もっともっと高い所から指輪を落とす。

それでも啓太郎はめげなかった。

ぼろぼろになりながらも必ず指輪を見つけてきて、結花の指に嵌《は》めてにっこりと笑った。

その笑顔を見て、結花はいつものように悲しい気分になってきた。

わけの分からない悲しい気持ち。

だが、啓太郎の言葉がそんな気持ちを吹き飛ばした。

「ごめん、結花さん。実はぼく、もうお金なくなっちゃって……だからもう、なにも買ってあげられないんだ」

——お金なんて関係ない——


「え？　じゃあ、また会ってくれる？」

結花はこっくりと頷《うなず》き、嬉《うれ》しそうに笑った。

新しいいじわるを思いついたのだ。


「ごめんなさい、結花さん……なかなか仕事が終わらなくって」

喫茶店にやってきた啓太郎は結花の前に腰を降ろし、何度も頭を下げ続けた。

別に啓太郎が遅れたわけではない。

まだ五分前だ。結花が早く着き過ぎただけの話だった。

謝り続ける啓太郎の前に、結花は持ってきた紙袋を差し出した。

「え？　なに？」啓太郎の顔が一瞬パッと輝いた。

美しく包装され、リボンのかかったプレゼントが入っていたからだ。

ぼくに？　と啓太郎が聞き、結花が頷く。

啓太郎は感動の余り、震える手でプレゼントを開けた。啓太郎の体が凍りついた。

プレゼントはひとつだけではなかった。啓太郎は全てのプレゼントを取り出し、リボンを解いた。

啓太郎が結花に贈った品々が入っていた。

そしてその全てが切り裂かれ、壊され、潰《つぶ》されていた。

ハサミでずたずたにされた洋服類、ガラスの割れた腕時計、ぐにゃりと曲げられたイヤリングや指輪。

啓太郎は言葉もなく、それらの品々をじっと見つめた。

じんわりと涙が浮かんできた。啓太郎の幸せそうな顔が壊れていく。

結花の狙いどおりだった。

——なにが悲しいの？——

さらにいじわるになって結花は尋《たず》ねた。

「結花さんが……かわいそうだから……」

——かわいそう？　私が？——

「うん。だって結花さん、本当に欲しいものが分からないんでしょ？　なにが好きなのか、分からないんでしょ？　ぼく、頑張るから……本当に欲しいものが見つかるまで、ぼくも一緒に探すからさ」

結花はガタッと立ち上がった。いつもよりも早く、いつもよりも強く、悲しい感情が押し寄せてくる。

「結花さん」

啓太郎の声から逃れるように、結花はその場から走り去った。

結花は公園のベンチに座っていた。

目の前の木立の枝に、誰かが手放した赤い風船が引っ掛かっている。

結花は携帯を取り出し、メールを打ち始めた。

『正義の味方さん、お元気ですか？　いつも励ましてもらってばかりでごめんなさい。私はあなたになにもしてあげられないのに。今、私は水たまりの中にいます。体の奥から染み出した悲しみが、私の足元で水たまりを作ります。赤い風船が見えます。どこにも飛べず、ゆっくりと縮んでいくだけの、私そっくりな風船』

結花がメールを送ると、後ろのほうから高音のメロディが聞こえてきた。

啓太郎の携帯の着信音だった。

啓太郎はメールを開き、結花を見つめた。

赤い風船が見えます。どこにも飛べず、ゆっくりと縮んでいくだけの……。

啓太郎は赤い風船を見つめ、結花を見つめた。

結花が握っている携帯を見つめ、声をかけた。

「『曇りのち晴れ』って……もしかして……結花さん？」

『正義の味方』が啓太郎であることを結花は知った。

啓太郎は結花のわがままやいじわるばかりでなく、ずっと悲しみまでも受け止めてくれていたのだ。そしてなぜ啓太郎の幸せそうな顔が結花を悲しい気持ちにさせるのか、その理由にようやく気づいた。自分が啓太郎を幸せにできるはずがない、啓太郎の笑顔はいずれ自分のせいで失われてしまう、そんな思いのせいだった。

つまり、自分でも知らないうちに結花は啓太郎を愛していたのだ。

「結花さん」

啓太郎が結花に近づき、結花は啓太郎が近づいた分だけ後ずさった。

——だめ、来ないで——

だが、手話では感情表現に限界があった。手話では語れない想いがある。

啓太郎がさらに近づいた時、ふたりの頭上で赤い風船がパーンッと音を立てて破裂した。

「！」

嫌な臭いの風が、ふたりの間を流れていく。

次の瞬間、結花の瞳《ひとみ》に、樹上から舞い降りるオルフェノクの姿が飛び込んで来た。

サソリタイプのオルフェノク——スコーピオンオルフェノクだった。

「ゆ、結花さん！」

結花を庇《かば》おうとして走り寄ってくる啓太郎にスコーピオンオルフェノクは襲いかかった。

その長い尻尾がするすると体に巻き付いて、銀色の毒針が啓太郎の首筋に近づいていく。

結花は鳥タイプのクレインオルフェノクに変身した。

結花の顔に何本もの黒い筋が走り、白い翼がバッと広がる。

信じられない光景に、啓太郎は目を大きく見開いて凍りついた。

――そんな！　結花さんが……！　――

啓太郎は戦いの全てを目撃した。

オルフェノクに変身した結花の姿――。

クレインオルフェノクはスコーピオンオルフェノクに襲いかかり、真っ二つに毒針の尻尾を引きちぎった。

スコーピオンオルフェノクが啓太郎を離し、クレインオルフェノクに突っ込んでいく。

二体のオルフェノクは正面から激しくぶつかり合い、絡《から》み合った。地面を転がりながら、相手の首筋を狙って牙《きば》をむき出す。立ち上がった瞬間、クレインオルフェノクは敵の心臓を狙って鋭いかぎ爪を突き出した。ブシュッと木立よりも高く血飛沫《ちしぶき》があがった。

心臓を抉《えぐ》られたスコーピオンオルフェノクは青い炎と共に灰となって消滅した。

結花は変身を解いた。全身に浴びた返り血が、結花の体に残っている。

啓太郎は呆然《ぼうぜん》とその場に佇《たたず》んでいた。

引きちぎられたオルフェノクの尻尾がくねくねと地面で動いている。

クレインオルフェノクの翼から抜けた無数の羽が、啓太郎の周囲を漂《ただよ》っている。

結花は啓太郎に背中を向けて走り出した。

幸せそうな啓太郎はもういない。

啓太郎の笑顔はどこか遠い所に消えてしまった。

それは結花がいちばん恐れていた答えだった。


結花は声にならない泣き声を上げ、とぼとぼとマンションへの道を歩いていた。

おじさんの家で地下室に閉じ込められた時よりも、今のほうがずっと淋《さみ》しかった。

地下室にいればまだ窓を見上げることができた。膝《ひざ》を抱えて楽しい物語を空想することができた。だが、今は見上げるものが何もない。どんな物語も作れない。

ふと結花は立ち止まった。

目の前に啓太郎が立っていた。

啓太郎の顔は確かに幸せそうではなかった。

だが、強い決意を持って、まっすぐに結花を見つめていた。

啓太郎は結花の体を抱きしめた。

その力の強さが、オルフェノクである結花を受け入れるという言葉の代わりだった。

結花の全身に、今まで感じたことのない情熱が走った。

啓太郎の唇に結花は自分の唇を強く重ねた。

# 第一四章

「サンドイッチがいい？　おにぎりがいい？」

沙耶の車の助手席で真理はお弁当を広げた。

「ちょっと真理、ピクニックじゃないんだから。おにぎりがいい」

ハンドルを握ったまま沙耶が答える。

確かにピクニックではない。ふたりは今、流星塾の仲間だった上条晴子《かみじょうはるこ》の家に向かっているところだ。誘ったのは真理だった。

流星塾の謎はまだ全然解決していない。流星塾生たちを引き取った里親たちが全員殺されたという石橋先生の説は、一体どこから生まれたのか。

石橋先生と犬飼彰司がオルフェノクに襲われたのは単なる偶然に過ぎないのか。

あれほど熱心だった巧は沙耶の話を聞いて以来、この件に対する興味を失ってしまったようだった。

単なる勘違いと偶然。それが巧の出した答えだ。

だが、どうも真理は釈然としない。なにか引っ掛かるものがある。
だから真理は昔から頼りがいのある沙耶を誘ったのだ。
手専門のモデルをしている沙耶は、おにぎりを食べる時も手袋をしたままだった。
それが真理には恰好《かっこう》よく見える。
子供の頃から沙耶はなにをしても優雅だった。

上条晴子は下町の大衆食堂で働いているはずだった。
真理と沙耶はその住み込みのアパートに到着したが、ノックをしても返事がない。
前もって連絡をしておいたのに変だな、と思っていると、ひとりでにドアが開いた。
「晴子！　晴子！」
沙耶はためらったが、真理はずかずかと部屋に上がった。
どこかに買い物にでも行ったのか、八畳一間のアパートは無人だった。
晴子を待つ間、ふたりは流星塾時代の思い出話に花を咲かせた。
楽しい話題だけを選び、代わる代わる話し続ける。
「実を言うとね、私」
ひと通り思い出話が終わると沙耶はいたずらっぽい笑みを浮かべた。
「なに？」真理が尋《たず》ねる。

「流星塾の頃、私、少し真理に嫉妬していたんだ」

「沙耶が嫉妬？　私に？」真理はびっくりして声を上げた。

「だって、結局真理がいちばん人気者だったじゃない。私、かなわないなぁって思ってたんだ。真理にはきっとみんなを幸せにするような力があるんじゃないかな？」

「そんなことないって。嫉妬していたのは私のほうだよ。ていうか沙耶は私の憧《あこが》れだった。美人だし、頭はいいし。ほら、沙耶の誕生日に私、手作りのネックレスをプレゼントしたことがあったでしょ？」

「覚えてる覚えてる。缶ジュースのプルリングで作った変な奴」

「それそれ。憧れの沙耶のために一生懸命作ったんだから。でも、やっぱり変だった？」

「変だった変だった。私、我慢してしてたんだよね」

声を上げてふたりは笑った。

「でも、今思うとあの頃がいちばん幸せだったな」ふと、淋《さみ》しそうに沙耶が呟《つぶや》く。

「どうして？　今の沙耶、めっちゃ輝いてるじゃん」

「そんな事ないわよ。男には振られるし」

「え？　マジ？　じつはさ、私もなんだ」

「へー、見てみたいな。真理を振る男の人ってどんな奴なのか」

「私も。沙耶を振るなんて信じらんない」

暗い気持ちになるはずの話題だったが、ふたりは見つめ合ってクスクスと笑った。

小さな秘密を打ち明け合い、またふたりの距離が縮まったような気分だった。

「それにしても、どうしちゃったのかな、晴子。いくらなんでも遅すぎない？」

もうふたりが部屋に上がってから一時間になる。なにかあったのか、とさすがに心配になってきた。

もしかしたら置き手紙でもあるかも。

そう思って、真理が改めて部屋を見回していると、片隅の洋服ダンスの隙間から晴子がこちらを見つめていた。

「は、晴子？」

白く濁った目がこちらを凝視したまま動かない。

沙耶が悲鳴を上げ、洋服ダンスの中から灰になった晴子の体がどしゃりと崩れた。

まただ。犬飼君の時と同じだ。

真理は巧に連絡を取り、沙耶の手を引いて転がるように部屋から外へ脱出した。

アパートの裏手の林の中を真理は走った。

だが、振り返るとすぐ後ろをついてくるはずの沙耶がいない。どこかではぐれたに違いなかった。真理が引き返そうとした時、大地が震えた。

メキメキと音を立てて、前方の樹々が倒れていく。

二体のオルフェノクが戦っていた。

竜を思わせるようなドラゴンオルフェノクと、ユニコーンタイプのホースオルフェノクだ。

オルフェノク同士の戦いを真理は初めて目撃した。

ドラゴンオルフェノクは圧倒的なパワーでホースオルフェノクを殴《なぐ》り飛ばした。

樹々をなぎ倒しながら、ホースオルフェノクの体が地面を転がる。

とどめを刺すために、ゆっくりとドラゴンオルフェノクが近づいていく。

と、次の瞬間、その動きがぴたりと止まった。

ドラゴンオルフェノクの手から僅《わず》かな灰がこぼれ落ちている。

ドラゴンオルフェノクが手を押さえながら逃げるように姿を消した時、巧の声が聞こえてきた。

「真理！　逃げろ、早く！」

すでに変身を終えた巧と雅人が走ってくる。

――そうだ、沙耶を探さなきゃ――

最悪の可能性が脳裏をよぎった。まさか沙耶も石橋先生と同じように……。

沙耶の名前を呼びながら、真理は林の中の道を引き返していく。

ファイズとカイザは起き上がったホースオルフェノクに襲いかかった。

ファイズは右手にファイズショットを装着した。パンチ力を高めるためのデジタルカメラ型パンチングユニットである。

大きくジャンプし、降下しながらホースオルフェノクの体に必殺のパンチ、グランインパクトを叩《たた》き込んだ。

が、吹っ飛んだのはファイズのほうだった。

ホースオルフェノクの手の中に、光と共に巨大な魔剣が出現したのだ。

その魔剣がファイズの体をなぎ払った。

凄《すさ》まじい衝撃に変身ベルトが弾き飛び、ファイズの体が巧の姿へと戻っていく。

ホースオルフェノクの動きがぴたりと止まった。

目の前に現れた巧を見て、明らかにホースオルフェノクは動揺していた。

カイザはその隙《すき》を逃さなかった。

ミッションメモリーを挿入すると、腰のブレイガンがブレードモードに変形していく。

二度三度とその金色に輝く剣がホースオルフェノクの体に衝撃を与えた。

「なに?」思わず巧は声を上げた。

吹っ飛んだホースオルフェノクの変身が解け、勇治の姿が現れたからだ。

「お前は!」

なおも攻撃を続けようとするカイザの前に、巧は両手を広げて立ち塞《ふさ》がった。

「どけ！　死にたいのか？」カイザが言う。

それでも巧は動かない。

カイザが変身を解き、雅人は巧の胸ぐらをねじり上げた。

「貴様、どういうつもりだ。なぜオルフェノクを庇《かば》う」

「違うんだ。こいつは知り合いなんだよ。おれと真理の」

ゆっくりと立ち上がった勇治の顔を、ジロリと雅人は睨《にら》み付けた。


巧と勇治は土手の芝生に腰を下ろし、ゆるやかな川の流れを見つめていた。

なにを話していいのか分からない。言葉がない。

勇治は以前、一度だけファイズの姿を見たことがあった。真理との最後のデートの時、夜の公園でオルフェノクに襲われた時だ。意識を取り戻した勇治の前で、ファイズとオルフェノクが戦っていた。ファイズの攻撃を受け、オルフェノクが青い炎と共に消滅していく。

勇治はファイズを、オルフェノクを『狩る者』として認識した。いつか自分も戦うことになるかもしれない、そう思った。

だが、まさかその相手が巧だったとは。

「まさかお前がオルフェノクだったなんてな」巧のほうから声をかけた。

巧も勇治と同じことを考えていたのだ。

「やっぱりあれか。お前も人間を襲ったりするのか？」

「違う。おれは人間を守るために戦っているんだ」

この男の言葉は信じられる、と巧は思った。

第一、もし勇治が人間の心を失ったモンスターなら、真理が惹《ひ》かれるはずがない。

「一体なんなんだ、オルフェノクって」

そう巧に聞かれても、勇治は答えることができなかった。

「分からないんだ、おれにも。ほとんどのオルフェノクは本能的に人間を襲っている。でも、おれは人間でありたい……ずっと」

「難しい立場だな、お前も」

勇治は自分の理想を巧に語った。

オルフェノクと人間の共存。だが、それはなにか空々しい、絵空事のようにしか思えない。

クリアしなければならない難題があまりにも多い。

勇治の耳には、先程の雅人の言葉がまだ残っていた。

オルフェノクは全て敵だ、化けモンなんだよ、こいつらは！　勇治を庇う巧に、そう雅人は言ったのだ。ほとんど全ての人間がきっと同じように思うだろう。

オルフェノクと人間の共存のためには、少なくともふたつの条件が必要になる。

オルフェノクが人間を襲わなくなること。

人間がオルフェノクを人間として受け入れること。

はたしてそんなことが可能なのか。

その時、巧が近くの芝の上になにかを見つけた。

誰かが落としていったのか、それは一本の竹とんぼだった。

巧は器用に竹とんぼを飛ばし、立ち上がって腰の芝生を払い落とした。

「乾君、頼みがある。今日のことは園田さんには……」

「ああ、分かってるさ。誰にも言わない」

秋の夕焼けに吸い込まれていく竹とんぼを、ふたりはしばらくの間見つめていた。


真理はひとりで菊池クリーニング店に帰宅した。

頭の中はまだぐちゃぐちゃに混乱したままだ。

犬飼彰司と同じように、上条晴子もオルフェノクに襲われていた。やはり思い違いや偶然だけでは片づけられない何かがある。

沙耶の無事を確認できたことだけがせめてもの救いだった。あれから沙耶を見つけることはできなかったが、携帯で連絡が取れたのだ。晴子のアパートから飛び出した後、無事に車で逃げのびたらしい。

啓太郎は配達にでも行ったのか、店の中はひっそりとしていた。

見ると、新しく受け付けた洗濯物の中に、勇治のジージャンが入っていた。

きっと真理がいない間に直也が持ってきたのだ。

最近では勇治が店に来ることはない。真理は勇治のジージャンを広げ、いつもそうするようにポケットに手を入れて中を調べた。

枯れた花が入っていた。それはいつか真理が育てたあの紫色の花だった。

鮮《あざ》やかだった花びらが茶色に変色し、縮んでいる。

それは勇治からの別れの印だと真理は気づいた。

もう、花は枯れてしまったのだ。

真理の目から涙がこぼれた。誰かにすがりついて思いっきり泣いてみたかった。

だが、すがりつける背中が真理にはない。

真理は忘れかけていた少年のことを思い出した。

両親を失った火事の現場から真理を救い出してくれた不思議な少年。

あの時、真理は背中に顔を押しつけながら少年の鼓動を聞いていた。

温かな力強い鼓動。

だが、今の真理にとってそれはひどく遠いものだ。少年の存在すら幻のように不確かなものに感じられる。そのあやふやな思い出を、真理はもう一度取り戻したいと思った。

少年と交わした約束をもう一度思い出したいと思った。
そうすれば少しは救われるかもしれない。
「真理」背後から雅人が真理の肩を摑《つか》んだ。
「お前に涙は似合わない」
雅人の暗い眼差しに真理の体がビクッと震えた。
「く、草加君」
だが、それ以上真理はなにも言えなかった。真理の口を雅人の唇が塞いでいた。
Tシャツの下に雅人の手が入ってくる。
ブラジャーが引き裂かれ、白い乳房があらわになった。
やめて、草加君！
真理のジーパンが一気に膝の下まで下ろされる。
真理は激しく抵抗した。雅人の顔に爪を立て、胸を叩《たた》いた。
だが、突然自分の体から力が抜けていくのを真理は感じた。
「助けてくれ、真理」
そう言う雅人の囁《ささや》きが、真理の体から力を奪った。
大きく足が広げられ、引き裂かれるような痛みが真理の全身を貫いていく。
真理は手の中で枯れた花を握りしめた。

# 第一五章

「なんだって？」

珍しく勇治が声を上げた。

直也はぽかんと口を開けて結花の顔を見つめている。

「あ、あの、結花さん、もう一度言っていただけますか？」

ようやくごくりと唾《つば》を飲み込んで直也が言う。

結花は手話を繰り返した。

――私、妊娠しているんです――

もう秋も終わろうとしている。

オルフェノクだと知りながら啓太郎が結花を抱きしめて以来、ふたりの恋愛は続いていた。

そして、結花は自分が妊娠したことを知ったのだ。

「まさか相手はあいつか？　あのクリーニング屋の……啓太郎とかいう馬鹿野郎か？」

直也の言葉に結花は恥ずかしそうに頷《うなず》いた。

――はい。別に馬鹿野郎じゃありませんけど――

勇治はこの時初めて、結花と啓太郎が付き合っていることを知った。

その上、妊娠までしたというのだから、驚くのも無理はない。

「ちゅーかお前、どこがいいんだ、あんな男」

直也の怒りは納まらない。まるで妹を取られた兄のような反応だった。

――素敵な人なんです。とっても――

「はいはい分かった分かりました。そうだ、直助《なおすけ》にしろ」

コロッと態度を変え、直也はなにかいいことを思いついたように手を叩いた。

――直助？――

「ガキの名前だ。おれ様の名前を一文字やる」

「いや、勇介《ゆうすけ》にしよう」

勇治が口を挟《はさ》んだ。

「勇介？　なんだっておれ様の子供にそんな名前をつけなきゃいけないんだ。直助だよ、直助！」

「どうして君の子供になるんだ？　勇介のほうがかっこいいだろ」

勇治はうれしかったのだ。確かに最初はびっくりした。だが、すぐに驚きは喜びに変わった。もちろん、これは大変なことだ。多くの問題が起こるだろう。

でも、今は素直に喜んだっていい。

自分にできなかったことを結花がしてくれたのだ。

普通の人間と恋愛をして子供まで作った。

これこそ人間とオルフェノクの共存だ。

結花が勇治の理想を実現してくれた、と言ってもいい。

少なくとも希望の光が見えた気がした。


子供の名前について言い争う勇治と直也の前で、結花はずっとうれしそうに微笑《ほほえ》んでいた。

だが、それは自分の中の不安な気持ちを隠すための微笑みだった。

幸せな気持ちが、逆に結花を不安にしていた。

結花はまだ妊娠したことを啓太郎に告げていなかった。もちろん啓太郎は喜んでくれるに違いない。いつものように優しく結花を抱きしめてくれるだろう。

啓太郎と付き合って結花は今までにない幸せを味わっていた。

啓太郎は窓のような存在だった。幼い頃、おじさんの家の地下室で見上げていた明かり取りの窓――。窓から射す光のように、結花は啓太郎の優しさに包まれていた。

もうあの悲鳴も聞こえなかった。

心の底から湧《わ》き上がってくる恐ろしい悲鳴――。

結花の存在を否定するような母親の悲鳴――。

あの叫び声も今の結花を悩ませることはなかった。

けれども結花は不安だった。

――本当にこんなに幸せでいいの――

と思う。

自分は何人もの人間を殺している。

勇治も直也も啓太郎も知らないけれど、多くの人間の血を浴びている。

確かに子供ができたと知った時はうれしかった。

もし母親になったら、子供の頃自分がそうしてほしかったようにたくさんの愛情を注ぎたい。だが、結花が幸福になればなるほど不安な気持ちも大きくなる。

私は幸せになっちゃいけないんだ。なれるはずがない。

菊池クリーニング店のダイニングで、真理は啓太郎のノロケ話を聞かされていた。

食事の間中ずっと甘い話が続いていて、胃がもたれそうだ。

今日は栗ごはんだ。それも啓太郎のデートのおみやげだった。

結花とどこかにドライブに行き、途中で見つけた栗林で山ほど栗を拾ってきたのだ。

結花の指に栗のイガイガが突き刺さり、啓太郎が口で吸い取ってやった。

啓太郎の指にイガイガが突き刺さり、結花も口で吸ってくれた。

そんな話が延々と続いた。

最初、巧と真理は啓太郎と結花がマジで付き合っているという話を半信半疑で聞いていたが、どうも本当らしい。

——よかったね、啓太郎——

真理は心からそう思った。

啓太郎みたいな人間が不幸せになったとすれば、それこそ世の中のほうがおかしいのだ。

栗ごはんを食べながら、啓太郎のノロケ話を巧も黙って聞いていた。

黙っているということは、巧もイヤじゃないんだろう。

真理は啓太郎と結花の仲がうらやましかった。普通にラブラブなのってやっぱりいい。

すぐ隣で食事を続けている雅人の存在を、真理は重々しく感じていた。

傍《そば》にいるだけで雅人の自分に対する激しい情熱のようなものが伝わってきて、それが辛《つら》い。

雅人に抱かれるたびに感じる汗の匂い、荒い息づかい、筋肉の動きを思い出し、真理はその場から逃げ出したい気分だった。

もちろん真理は雅人とのことを巧にも啓太郎にも黙っていた。誰にも言えない秘密だった。

その秘密であるということがまた、雅人と真理の間を深めていくようで気が重くなった。

なんで私は草加君のことを受け入れてしまったんだろう、と真理は思う。もちろん勇治との別れの悲しみのせいもあった。だが、そのことに関してはもう真理は真理なりに心の整理をつけていた。結局、あれは始まる前に終わってしまった恋だったのだ。

だからその後、何度も雅人に抱かれた理由にはならない。

あれから、店に誰もいない時、雅人は何度も真理の体を求めてきた。そのたびに真理は雅人に抱かれた。最初は抵抗しても、どうしても拒《こば》むことができない。

――どうして私は――

だが真理はその答えを知っていた。

助けてくれ、真理……という囁《ささや》きを聞いた時、真理は雅人がまだ過去の悲しみを忘れていないことを知ったのだ。

流星塾の頃、真理は雅人の口から一度だけ聞かされたことがあった。

それは雅人が母親を失った時の話だった。

父親の顔は覚えていない、と雅人は言った。

雅人がまだ物心つく前に、家を捨てて出ていったらしい。父親がいなくても雅人は別に淋《さみ》しいとは思わなかった。その分、母親が優しかったからだ。

毎年夏になると、母は雅人をいろいろな所に連れていってくれた。ふたりきりの旅行が雅人は何よりも楽しみだった。

ある年の夏、知り合いに誘われた母は雅人をキャンプに連れていってくれた。

美しい山々に囲まれて魚を釣ったり山菜を採ったり、雅人には初めての楽しい体験ばかりだった。

キャンプの最終日にゴムボートで川下りをすることになった。

雅人は母親とふたりで小さなゴムボートに乗り、川を下った。

想像以上の激流に木の葉のように翻弄《ほんろう》され、ボートは岩に激突した。

次の瞬間、雅人は水の中にいた。ゴムボートが転覆したのだ。

目の前に無数の銀色の泡が乱舞し、鼻と口から水が入った。

もがいてももがいても水の中から抜け出すことはできなかった。

クルクルと回転しながら、そのまま暗い地の底まで落ちていきそうな感じだった。

──母さん！　母さん！──

雅人は必死に助けを求めた。

やがて暗い水の中で母親の白い手が目に入った。

雅人は懸命に腕を伸ばし母の手を握りしめた。

この手を放しちゃいけない、この手さえ握っていればきっと母さんが助けてくれる、そう思った。

だが、母は雅人の手を振りほどこうとした。

まるで邪魔なものを捨てようとするみたいに。

信じられないような力で、母は雅人の手を振り払った。


だが、皮肉なことに助かったのは雅人のほうだった。

雅人の体は運良く岸に流れ着き、はるか下流で母親の溺死体《できしたい》が発見された。


それが真理の聞いた話だった。

たぶん、雅人はまだあの川の中から抜け出していないのだ。

まだ水の中でもがいているのだ。だからこそ、真理は雅人を拒めない。

真理は知らなかったが、激流の中から岸にたどり着いた時、雅人の掌《てのひら》には一筋の傷が残っていた。

それは、母親が雅人の手を振りほどこうとした時についた傷だった。その傷は長いこと癒《い》えることなく、血を流し続けた。いや、今でも傷口は塞《ふさ》がっていない。

血が流れ続けている。雅人にははっきりとその血を見ることができた。

だからこそ雅人は手を拭《ふ》き続けなければならないのだ。

母親は雅人の手を放した。

そんな雅人の手を握ってくれたのが真理だった。

流星塾でいじめられ、喘息《ぜんそく》の発作を起こして泣いている雅人に、いつも手を差し伸べてくれた。

雅人は真理の手を握りしめ、何度立ち上がったことだろう。

だから雅人は真理を愛した。

真理は雅人にとって母親になってくれるかもしれない存在だった。


菊池クリーニング店のダイニングでは、まだ啓太郎のノロケ話が続いていた。このままだと朝まで終わりそうにない。

巧はさすがにうんざりして自分の部屋に戻ってしまった。

雅人はテーブルの下で真理の手を握ってきた。

真理はその手を振り払うことも握り返すこともできない。

宙ぶらりんの気持ちのまま、真理は啓太郎のうれしそうな顔を見つめていた。


真理が雅人に別れを告げることになったのは、意外なことに木村沙耶のせいだった。少なくとも沙耶がきっかけになったと言っていい。

真理が配達を終えて戻ってくると、仕事場のほうから雅人の声が聞こえてきた。誰かと電話で話している声だ。以前にも似たようなことがあったのを真理は思い出した。

あの時は雅人の冷たい口調に驚いたものだ。

そして雅人は、今も同じような口調で話していた。

「もう電話するなと言ったはずだ」雅人が言う。

「何度も同じことを言わせるな。おれはもうお前の元には戻らない。終わったんだよ、沙耶、おれたちの仲は」

沙耶？

真理は自分の耳を疑った。

まさか草加君とあの沙耶が？

その時、真理は以前、沙耶の部屋で見た一枚の写真のことを思い出した。

沙耶が楽しそうに彼氏と腕を組んで笑っている写真だった。

沙耶は恥ずかしがってすぐに写真を隠してしまい、彼氏の顔は一瞬しか見えなかった。

だが、その一瞬の印象が真理の中で雅人の姿と重なっていった。

間違いない。沙耶と雅人は付き合っていたんだ。

電話を終えた雅人が仕事場から顔を出した。

「なんでもない。気にするな」話を聞かれたことを知り雅人が言う。

「ごめん。草加君、やっぱりだめだよ、もう」ゆっくりと言葉を選び真理が呟《つぶや》く。

雅人の顔に、少し慌《あわ》てたような表情がよぎった。

「なにを言っている。もう終わったんだ、沙耶とのことは」

「関係ない。そんなんじゃない」

真理は真っ直ぐに雅人を見つめた。

「私の気持ちの問題だよ。私、草加君とは付き合えない。多分、私がいけないんだと思う」

「なぜ、そんなことを言う？」

ひきつった笑いを雅人は浮かべた。

「お前のなにがいけないっていうんだ？」

「私が草加君を受け入れたから。そんなつもりじゃなかったのに」

「嘘だ！」

雅人の叫びが部屋中に響いた。

「嘘だ！　嘘だ！」

真理は激しく首を横に振った。

「お前はおれのことを愛しているはずだ。それとも……お前までおれの手を放すつもりなのか」

ごめん。草加君、ごめん。

「……そうか……分かったよ」

突然、雅人の口調が静かになった。

「分かった。木場勇治のせいだな。まだ好きなのか……奴のことが？」

「違うよ。関係ないよ、木場さんのことは」

「どうかな、それは。お前、木場の正体を知っているのか？」

「正体って……なにを言ってるわけ？」

ニヤッと雅人は唇を歪《ゆが》めた。

「殺してやるよ、おれの手で」


車の窓を開けると、そろそろ肌寒くなった風が勇治の顔を撫《な》でていった。

買い物を終え、勇治は自宅マンションまで車を走らせているところだった。

順調に行けば、来年の夏には結花は母親になるはずだ。

助手席の紙袋には、勇治が買い集めた本がぎっしりと詰まっている。

結花のために買った本だ。母親の心得とか姓名判断とか、そういった種類の本だった。

今や結花は勇治の理想への道のりを照らす小さな明かりのようだった。

勇治は時々、真理のことを思った。真理の笑顔を思い出した。

啓太郎と結花の仲をもっと早く知っていれば、自分も真理のことをもっと素直に愛せたかもしれない。だが、もう過去の話だ。

いや、本当にそうなのか、と勇治は思った。もしかしたら、やり直すことだってできるかもしれない。

その時、前方からものすごいスピードで一台のバイクが近づいてきた。

殺気を感じさせるほどのスピードだった。

雅人だ。

ヘルメットを脱ぎ捨て、バイクの上から雅人は空高く舞い上がった。

無人のバイクが勇治の車に突っ込んでくる。

慌ててハンドルを切り、勇治の車はガードレールに激突した。放り出された勇治の体が地面を転がる。

雅人は空中でベルトを装着し、変身した。

勇治の目の前にカイザが降り立つ。

「この間は乾の奴に邪魔されたが、今度は逃がさん」

カイザの殺気は本物だった。

戦う以外に手はない。

勇治の顔に黒い無数の筋が走り、その体がホースオルフェノクへと変身していく。

ふと、勇治は誰かの視線を横顔に感じた。

真理の姿がそこにあった。

クリーニング店から飛び出した雅人を、真理もバイクで追ってきたのだ。

ホースオルフェノクとなった勇治の目の前で、真理の顔からあらゆる表情が剝《は》がれ落ちていった。

驚愕《きょうがく》の表情が浮かび、消える。恐怖の表情が浮かび、消える。笑いのようなもの、後悔のようなものが浮かんでは消えた。そして最後に残ったのは、現実を拒否するかのような無関心な表情だった。

バイクをUターンさせ、真理はその場から走り去った。

カイザの攻撃がホースオルフェノクの体に炸裂《さくれつ》する。

ホースオルフェノクは無抵抗だった。戦う力が湧いてこない。

それでもよろよろとその場から逃げようとした。

追いかけてくるカイザの笑い声が低く聞こえる。

やがて、カイザの足がぴたりと止まった。

誰かが雅人を呼んだのだ。

それは、もうひとりのカイザだった。

# 第一六章

菊池クリーニング店の庭先で、真理は巧の髪をカットしていた。

よく晴れた空の下で、庭木に止まった小鳥たちがさえずっている。

「お前、なんかあったんだろ？」巧が尋《たず》ねる。

「え？　なんで？」真理はハサミを握ったまま聞き返した。

「分かるんだよ、髪の毛の切り方でな。なにがあった？　え？」

「うん」

少しためらった後、真理はぽつりぽつりと昨日の出来事を語り始めた。黙っているには荷が重すぎる。巧に話せば少しは気が楽になるかもしれない。

雅人とのこと、オルフェノクに変身した勇治のことを真理は話した。

巧はなにも言わず、黙って真理の話を聞いていた。

真理がいちばん悲しかったのは勇治の正体を知ったことではなかった。自分自身を汚らしいと思い、そう思ったことが悲しかったのだ。最初、オルフェノクに変身した勇治を見

い出した。

た時、真理は驚愕《きょうがく》し、恐怖を感じた。それから勇治との数々の思い出を一瞬のうちに思い出した。

全ての思い出ががらりと色を変えてしまった。

自分が好きになった相手がオルフェノクだと知り、一緒に時間を過ごした自分がひどく汚らしいものに感じられた。できることなら目の前の現実を拒否したかった。

オルフェノクとなった勇治に、この世から消えてもらいたかった。

そうすれば自分は汚れずに済む。

「私って、最低でしょ？」巧の髪を切りながら真理は続けた。

「もしかしたら、オルフェノクであっても木場さんは木場さんかもしれない。木場さんの優しさは本物だったし。それなのに私、木場さんと付き合ってた自分を汚いと思って……

最低だよね、やっぱり」

「ああ。最低だな」巧が言う。

「うん……」

「だがよ、お前の場合、ちょっと最低なだけだ。本当に最低な奴は、自分のことを最低だなんて思ったりしない」

「そうかな……」

「大体、お前は出会った時からちょっと最低な奴だった。今さら落ち込むことないだろ？」

巧の言葉が真理にはうれしかった。巧は巧なりに真理を慰《なぐさ》めようとしてくれているのだ。

真理は巧の頭の古い傷痕を指で弾《はじ》いた。

小さな火傷《やけど》の跡のようでそこだけちょこっと髪の毛が薄い。

その傷痕を指で弾くのがカットを終えた合図だった。

「ねぇ、巧、頼みがあるんだけど」

髪の出来ばえを気にする巧に真理は言った。

勇治の正体を目撃し、オルフェノクについて知りたいという真理の気持ちはますます強くなっていた。

そのために、行かなければならない場所があったのだ。


真理が里子に出された桑田家まで、車で三時間ほどの距離だった。

短い間だったけれど、真理が正志さんと礼子さんと一緒に暮らした場所だった。

結局、真理はふたりのことをお父さん、お母さんと呼べなかった。謎の多い夫婦は謎の失踪《しっそう》を遂げ、真理の手にはファイズツールが残された。

真理はずっと、できることなら桑田家には行きたくなかった。

あの日の朝に戻るのが怖かったのだ。

嵐の前触れのような風の強い日、庭に衣服だけを残し消えてしまった正志さんと礼子さん——。

真理の人生の中で、そこだけがぽっかりと穴が開いたような不思議な時間だった。その穴に落ち込んだら、もう二度と元に戻れないかもしれない。正志さんと礼子さんのように、自分もどこかに消えてしまうかもしれない。だが、もう恐れている場合ではなかった。オルフェノクの謎、流星塾の秘密を知るために。

昔と変わらないまま、桑田家はひっそりと森の中に建っていた。

車から降り、錆びた鉄の門を開け、巧と真理は玄関までのアプローチを歩いた。当時は手入れの行き届いていた芝生の庭に、今では雑草が生い茂っている。屋敷の青い西洋瓦も、長い時間の中で灰色に変色していた。

数匹のノラ猫がふたりの足音に驚いて逃げていく。

屋敷は無人のまま、取り残されているようだった。

真理と巧は屋敷の大窓に面した庭先に出た。

真理が正志さんと礼子さんの洋服を発見した場所だった。

もちろん今ではなにも残されていない。

正志さんと礼子さんの名前を呼ぶ子供の頃の自分の声が聞こえてくるようだった。

屋敷の窓は開け放たれ、破れたカーテンがゆっくりと風に揺れていた。

あの時のままだ。

真理と巧は部屋に上がった。

めちゃくちゃに荒らされた室内も、当時のまま残されていた。引き裂かれたソファー、割れたテーブル、落ちて砕けたシャンデリア。長い間使われていない暖炉には、一面にクモの巣が張っている。

真理はこの暖炉が好きだった。

暖炉の前に座り、ぼんやりと炎を見つめているのが好きだった。

ふと真理は残っていた灰の中に、なにか光るものを発見した。

「なんだ？」巧が尋ねた。

何個ものプルリングをつなぎ合わせた、それは粗末なネックレスだった。


「殺せ……殺せ……人間を殺せ……」

不気味な低い声が部屋の中に響いている。男とも女とも分からない、しゃがれた声。

だが、それは確かに女の唇から流れていた。

白い手袋が携帯を握り、不吉な言葉を繰り返している。

「沙耶」

その声に驚いた沙耶はガタッと椅子から立ち上がった。

白い手袋から携帯が床に落ちる。

目の前に巧と真理が立っていた。

「……真理……」

そう言う沙耶はいつもの美しい声に戻っている。

テーブルの上にはユリの花が飾られ、その横に白い写真立てが見えた。

写真の中で沙耶は雅人の手を取り、楽しそうに笑っている。

「私、流星塾を卒業してから、ずっと付き合ってたんだ……雅人と」

沙耶は真理に微笑《ほほえ》みかけ、ふと、思いついたように話し始めた。

「ここで暮らしてたの、一緒に。ほら、雅人、子供の頃、喘息《ぜんそく》だったでしょ？　治してあげたんだ、私が。一生懸命抱きしめて、そうやって治してあげたの。本当に愛し合ってたんだから、私たち。分かってるわよ……今は雅人は真理に夢中だって。でも、必ず帰ってくる……私の元へ」

真理はプルリングのネックレスをテーブルに置いた。

「これ、桑田さんの家で見つけたんだ。覚えてるでしょ？　私が沙耶にあげたネックレスだよ。教えて……なんでこれが桑田さんの家にあったのか」

「だから言ったでしょ？」

なんで今さらそんなことを聞くんだ、と言うように沙耶は続けた。

「流星塾の頃、私はいちばん幸せだったたって。私はみんなと離れるのが嫌だった。ずっとみんなと一緒にいたかった。だから殺したの」

「殺した？」

真理には沙耶の言葉が信じられない。

「どういうこと？」

「里親たちを殺せば、みんなまた流星塾に戻ってくる。私の傍《そば》に帰ってくる。だから殺したの」

「お前、オルフェノクか？」巧の声は冷静だった。

「ええ。子供の頃から、ずっとね」

「そんな……まさか……じゃあ、石橋先生も犬飼君もあなたが……」

「知られたくなかったのよ……里親殺しの真相をね。もし知られたら、私の正体が雅人にばれてしまうかもしれない。気づいてないの、雅人……私がオルフェノクだって」

それから沙耶は真理を見つめ、小さく笑った。

「あなたも殺そうと思ったんだけど、できなかった。あなたのことが好きだったたから。雅人の気持ちがあなたに向いても、まだあなたなら我慢できる」

「教えて……どうしてあなたはオルフェノクになったの？　オルフェノクって一体なんな

の？」

それは種から花が咲くのと同じことだ、と沙耶は言った。

人間という種の中からオルフェノクという花が咲く。

古い命を破って、新しい命が生まれる。

それだけのことだ。

「でも、花は美しい分、枯れるのも早い……」

そう言って沙耶は白い手袋を外した。

醜く手の甲がひび割れている。

そこから音もなく灰が落ちた。

「オルフェノクの命は長くないの……」

「おれにもひとつだけ教えてくれ。なぜ草加の奴はカイザのベルトを持っているんだ？」

「あなたたち、不思議に思ったことはない？　なぜ、オルフェノクのことが公表されないのか。人間たちは気づいていないのか。そんなわけはない。もうずっと昔から大きな組織が動いているのよ」

真理は正志さんと礼子さんのことを思い出した。

沙耶の話が本当なら、あのふたりもそんな組織に所属していたのかもしれない。

「カイザのベルトは彼らが作ったものなの。オルフェノクと戦うためにね。そして彼らはカイザのベルトに適応できる人間たちを捜している。雅人のようにね」

「ということは……」

「ええ、カイザは雅人ひとりだけじゃないわ」

沙耶は巧と真理を玄関まで送った。

仲のいい友達を見送るような、そんな普通の態度だった。

「また遊びに来てね、真理」

手を振る沙耶の前で、ゆっくりと玄関のドアが閉まっていく。

しばらくの間その場に佇《たたず》む沙耶の体から、ドラゴンオルフェノクの姿が浮かび上がり、すぐに消えた。

# 第一七章

結花は啓太郎とのデートの場所へ急いでいた。

昨日は一睡もしていないので、ちょっと瞼《まぶた》が腫《は》れぼったかった。結花はベッドの中でずっと啓太郎のことを考えていた。自分自身のこと、お腹の中の赤ん坊のことを考えていた。そのせいで全然眠れなかった。

明け方になり、勇治と直也を起こさないように忍び足でベランダに出て深呼吸をした。そろそろ昇り始めた朝日を受け、東の空が紫色に染まっていた。

裸足の足に、ベランダのコンクリートがひんやりと冷たい。

結花はパジャマの上からそっと下腹に手を当てた。

赤ん坊の命の力が掌《てのひら》を通して伝わってくるようだった。

もう暗い考えは捨てようと結花は思った。

自分が犯してきた大きな罪、決して消えない重い罪――そのせいで結花は今の幸せを素直に受け入れることができなかった。自分には幸福になる資格がないと思ってきた。

だが、ベッドの中で毛布にくるまっていろいろなことを考えている時、初めてお腹の中で赤ん坊が動いたのだ。まるで結花の中の不安な気持ちを蹴《け》り飛ばそうとしているみたいだった。


そうだ、もう暗い考えはやめよう。

紫色の朝焼けが明るいオレンジ色に変わっていく。

この子を育てることで、もしかしたら少しは罪を償《つぐな》うことができるかもしれない。

今日こそ啓太郎さんに子供のことをちゃんと話そう――そう結花は決心した。


啓太郎は三〇分も前に結花との約束の場所に到着した。

ちょっとした木立に囲まれたお洒落《しゃれ》なオープンカフェがふたりの待ち合わせの場所だった。

今日の啓太郎はいつも以上に張り切っていた。一刻も早く結花に見せたいものがある。

それで家を早く出過ぎたのだ。

啓太郎が少し前に応募したテレビの懸賞で自転車が当たった。

その自転車が今日、啓太郎の元に届いたのである。

――きっと結花さん、喜ぶぞ――

家からカフェまで、啓太郎はワクワクした気持ちで自転車を漕《こ》いでやってきた。

今日は一日、日が暮れるまで結花と一緒にふたり乗りのサイクリングをするつもりだった。

子供のことを知ったら啓太郎さんはどんな顔をするだろう、と結花は考えていた。きっと最初はびっくりして飛び上がるに違いない。でも、その後、大喜びしてもっと高く飛び上がるだろう。そんな姿が手にとるように想像できる。

早く啓太郎に会いたかった。

まだ時間に余裕はあったが結花は近道をすることにした。

時々、啓太郎と散歩する庭園を横切っていけば、少しは早く着くはずだった。

今日は休園日だったがそんなことはどうでもいい。

結花は閉ざされた鉄の門扉によじ登り、地面に向かって両足を揃《そろ》えて飛び下りた。

薄いブルーのフレアスカートが落下傘のようにふわりと膨《ふく》らむ。

あちこちに止まっていた赤とんぼがびっくりして一斉に舞い上がった。

その時、結花は赤とんぼの向こうからゆっくりと近づいてくる人影に気づいた。

暗い上目遣《づか》いでこちらを睨《にら》み、男はウェットティッシュで掌を拭《ぬぐ》った。

「長田結花だな？」

雅人の低い声が聞こえてくる。

「一緒に来てもらおう。オルフェノクでありながら人間の子供を宿した貴重なサンプルとしてな」

後ずさった結花の背中が庭園の門扉に突き当たった。

「無駄だ。逃げられはしない。抵抗すれば殺す」

結花は激しく首を横に振りながら走り出した。

「変身!」

後を追いながら雅人がカイザに変身する。

結花の足元にカイザのブレイガンが炸裂《さくれつ》した。吹っ飛んだ結花の体が地面に倒れる。

咄嗟《とっさ》に結花は下腹部を庇《かば》った。赤ん坊を守らなければならない。

結花はクレインオルフェノクに変身した。

その直後にブレイガンをブレードモードに変え、カイザが真正面から突っ込んできた。

クレインオルフェノクはバッと翼を広げ、無数の羽根を振動させた。

「うお!」

その衝撃波を全身に浴び、カイザが大きく後退する。

クレインオルフェノクはふわりと宙に浮き上がった。

翼を羽ばたかせ、そのまま空を飛んで逃げようとする。

が、何者かが背後から襲いかかった。

突然の激痛が体を走り、クレインオルフェノクはもう空を飛べなくなったことを思い知った。

切断された片方の翼が地面に落ちていたからだ。

それは、二人目のカイザの仕業だった。

血を流しながら、それでもクレインオルフェノクは逃げようとした。

三人目のカイザがその足首を切断した。

澄みきった青空にクレインオルフェノクの悲鳴が響き渡った。

それは長い間、言葉を忘れていた結花がようやく取り戻した声だった。


結花の苦しみの波動を感じ、マンションから走り出した勇治は、車に飛び乗りアクセルを踏んだ。道路を噛《か》むタイヤが甲高《かんだか》く軋《きし》む。

ハンドルを握る勇治の手に、嫌な汗が滲《にじ》んできた。ただごとでないのは分かっていた。

結花の苦しみの波動は、勇治の体にも痛みを与えるほどだった。

――もしも結花になにかあったら……――

焦りの中で勇治は思った。

――おれはなにを支えに生きていけばいいんだ……――

勇治は真理の顔を思い出した。

勇治の正体を知った時の真理の顔。あの時、真理の顔から全ての表情が剝《は》がれ落ちていった。そして、勇治がオルフェノクだという現実を拒否する無表情だけが残った。

もう勇治は、真理への夢を諦《あきら》めていた。

残されたのは結花だけだった。結花だけが勇治の理想への道を照らしてくれる明かりだった。その明かりが消えてしまったら、どうすればいいのか。

きっと勇治は、なにも見えなくなるだろう。


勇治が赤とんぼの飛び交う庭園に走り込んだ時、あたりはひっそりと静まり返っていた。

どこにも人影は見えない。

まだ結花の苦しみの波動は続いていた。

勇治はようやく、芝生の上に落ちているなにか白いものがクレインオルフェノクの翼だと気づいた。

衝撃のあまり、頭に激痛が走った。

血に染まった片翼がまだピクピクともがくように動いている。

——死ぬな、結花！——

次第に弱くなる苦しみの波動を頼りに、勇治は全速力で走り出した。

クレインオルフェノクは三体のカイザを相手に、血まみれになりながら戦っていた。

切断された足を引きずり、残された翼を懸命に羽ばたかせ、敵の攻撃を攪乱《かくらん》している。

三体のカイザは次々に光の剣を振るった。

そのたびに少しずつクレインオルフェノクの体が傷ついていく。

吹き上がる血が赤い霧となって戦いの場を包んでいた。

「結花！」

ようやく勇治は結花を見つけた。

走り寄る勇治の顔に何本もの黒い筋が浮かび上がる。

勇治はホースオルフェノクに変身した。

光に包まれたその手の中に巨大な魔剣が出現する。

——き、木場さん……——

戦い続けるクレインオルフェノクの目に、走り寄るホースオルフェノクの姿が何重にも見える。もう、視界が普通ではない。意識がぼんやりとしている。

このまま眠ってしまいたかった。

クレインオルフェノクをいたぶり続ける三体のカイザのうち、二体がホースオルフェノクに襲いかかった。

ホースオルフェノクは魔剣を駆使し、二体のカイザが突き出す光の剣を受け止めた。

「この世界は人間のものだ！　オルフェノクが生きる場所はない！」

カイザのひとりがそう叫んだ。

——違う！——

ホースオルフェノクとなった勇治は心の中で絶叫していた。

おれたちにだって、おれたちの道があるはずだ。そこを歩けばおれたちの場所にたどり着く、そんな道が。だから、死ぬな結花！

二体のカイザの力は、堅固な壁のようにホースオルフェノクにのしかかってきた。

全身に打ち込まれる剣と拳《こぶし》と蹴《け》りの衝撃を受け、ホースオルフェノクの体が地面を転がる。

——結花！——

もう一度叫んだ。

クレインオルフェノクもカイザを相手に戦い続けていた。

戦いながら激しく動き、二体のオルフェノクの距離が次第に大きく広がっていく。

結花が勇治から遠ざかっていく。

カイザの笑い声が聞こえてくる。

——死ぬな、結花！——

二体のカイザの攻撃の嵐の中で、ホースオルフェノクは何度も叫び続けていた。

『啓太郎さん、ごめんなさい。私、今日、行けそうにありません』

約束の時間を三〇分近く過ぎた時、啓太郎の携帯にメールが入った。

若いカップルでにぎわうカフェの片隅で、啓太郎は結花からのメールを読んでいた。

『本当にごめんなさい。これから私、どうしても行かなければならない所があるんです。啓太郎さんと一緒には行けません。そこは私ひとりで行かなければならない場所。すごく遠いけど、でもきっととても綺麗《きれい》な場所。長い長い旅の途中で、旅人がほっと息をつける所。私、啓太郎さんと出会えて幸せでした。啓太郎さんのおかげで生まれてきてよかったと思えるようになったから。私、もっとずっと一緒に啓太郎さんといたかった。ずっとずっと一緒に。どうか啓太郎さんの夢が叶《かな》いますように。世界中の洗濯物を真っ白にするみたいにみんなを幸せにしたいという素敵な夢。私を幸せにしてくれた啓太郎さんの笑顔が、みんなの心にも届きますように……』

啓太郎には、結花がなにを言いたいのか分からなかった。

結花の身になにが起こったのか想像もできない。ただ、結花が自分から離れていこうとしていることだけは理解できた。もう二度と会えないような予感がした。

――なんで……なんでだよ、結花さん……――

自分が結花になにかしたのだろうか？　結花を傷つけてしまったのだろうか？

啓太郎は自転車に飛び乗り、結花のマンションに向かって走り始めた。

もう会えないなんて絶対に嫌だ。

途中、タクシーにぶつかりそうになり、自転車ごと転倒した。

サドルの曲がった自転車を起こし、ひねった足を引きずりながら啓太郎は歩いた。
――嫌だ、会うんだ、結花さんに、もう一度――
啓太郎の夢が叶いますようにと結花は言う。
だが、啓太郎にとって結花が世界の全てだった。結花の幸せが啓太郎の夢だった。
――だめだよ、結花さん、帰ってきてよ――
啓太郎は結花を自転車に乗せたかった。
結花を後ろに乗せ、啓太郎が自転車を漕ぐ。
そうやってふたりで一緒に走りたかった。
結花が後ろに乗っていれば、啓太郎はどこまでも走り続けることができる。
どこまででも、結花の行きたい所まで。
結花は長い髪を風になびかせ、啓太郎の体にギュッとしがみついてくるだろう。

『どうか啓太郎さんの夢が叶いますように……』
結花はメールを打ち終わった。血だらけの手から、ぬるっと滑って携帯が落ちる。
庭園の片隅の木立に結花は背中をもたせて座っていた。
――結花――
二体のカイザの攻撃を振り切った勇治が、ようやく結花を見つけて近づいてくる。

結花のうつろな目は、なにを見ているのか分からない。

それでも無理に微笑《ほほえ》むと、切り裂かれた顔の傷からどっと血が溢《あふ》れ出した。

青い炎に包まれて、結花の体は灰になって消滅した。

「！」

勇治の中で最後の明かりが、ふっと消えた。

勇治が歩くべき道を照らしていた小さな明かりが見えなくなった。

勇治は闇の中に取り残された。

もう、どこにも行けない。なにも見えない。

——殺せ……殺せ……人間を殺せ……——

心の底からいつも勇治が押さえ込んでいたあの声が聞こえてくる。

「木場！」

直也がそこに駆け込んできた。

直也もやはり、結花の苦しみを感じ取っていたのだ。

だが、直也が目にしたのは灰となった結花の残骸だけだった。

「……まさか……結花が……そんなことが……おい、なにがどうなってんだよ！　一体なにがあったんだ、え、木場！」

勇治の顔を見て、ドキリと直也は立ちすくんだ。まるで別人のように勇治の顔つきが変わっていたからだ。暗く歪《ゆが》んだその顔はとても勇治とは思えない。
「お、お前……木場か？　本当に木場なのか？」
勇治はなにも答えなかった。
人間を捨てた自分に言葉は必要ないとでもいうように。
立ち去っていく勇治の背中に、直也は何度も呼び止めようとして声をかけた。
だが、勇治は立ち止まらない。
一度も振り返ることなく姿を消した。
ひとり取り残された直也は、結花の残骸をもう一度見つめた。
一匹の赤とんぼが灰の上に止まっている。
灰の中でなにかが動いた。
赤とんぼが飛び去っていく。
やがて、もみじよりも小さい手が灰の中から突き出された。
それは結花の体の中に宿っていた赤ん坊の掌だった。

# 第一八章

結花をなぶり殺しにした後、雅人はバイクを走らせていた。

ことの成り行きを報告しなければならない義務があった。

木場勇治は殺し損ねたが、いくらでもチャンスはある。

雅人はまだ、勇治を倒せば真理を取り戻せると信じていた。いや、すでに真理の気持ちは自分に戻っているかもしれなかった。なにしろ、真理は勇治の正体を知ったのだ。

雅人はあの時の真理の表情を思い出し、にやりと笑った。

真理のあの悲愴《ひそう》な表情。

――心配するな、真理。おれがまたお前の笑顔を取り戻してやる――

おれに抱かれれば全てを忘れられるはずだ。

雅人にとって、オルフェノクは全て敵だった。オルフェノクは人間を襲う。

いつ真理に襲いかかるか分からない。だから、敵だ。

雅人に言わせれば、子供の頃からずっと真理は雅人のもので、雅人は真理のものだった。

だからこそ、真理は雅人の手を握ったのだ。

だからこそ、流星塾でいつもいじめられていた雅人を立ち上がらせてくれたのだ。

走り続ける雅人の耳に、奇妙な音が聞こえてきた。

バックミラーを見ると、大きな黒い固まりが近づいてくる。

勇治が変身したホースオルフェノクだった。

ホースオルフェノクは一回り大きな体に進化していた。

四つ足の体がギリシャ彫刻のような上半身を支え、二本の腕には剣と楯《たて》が握られている。

額の角が激しい電撃を放ちながら光っていた。

ガッとその後ろ足が地面を蹴《け》り、宙を飛んだ。

雅人のバイクの前に黒い巨体がずしりと降り立つ。

雅人はバイクを停め、不敵に笑った。

「死にに来たか、木場」

雅人はカイザに変身した。

突進してくるホースオルフェノクの圧倒的な力に、その体が大きく吹っ飛ぶ。

吹っ飛ばされながら、カイザは腰のブレイガンを抜いた。

ホースオルフェノクの楯が何発もの光の弾を弾《はじ》き返す。

ブレイガンをブレードモードに変え、カイザはその光の剣をふりかざした。

ホースオルフェノクの魔剣がその剣を弾き飛ばし、さらにカイザの体に一撃を与えた。

よろよろと後退しながら、カイザはカイザショットを拳《こぶし》に装着した。

パンチ力を何倍にも高めるユニットである。

体当たりするような勢いで、カイザは必殺のパンチを何発も放った。

だが、ホースオルフェノクの巨大な体は傷つかない。

装着したカイザショットが粉々に砕けた。

「貴様！」

叫びながらカイザは足首にポインターをセットした。その足に流体エネルギー、フォトンブラッドが集中し、金色に輝く。空高くジャンプしながらカイザは気合の雄叫《おたけ》びを上げた。

渾身《こんしん》の力を込めた必殺のキックが敵の体に放たれる。

ホースオルフェノクは楯を突き出し、ふたつの力が激突した。

吹っ飛んだのはカイザだった。岩肌に体がめり込み、視界がぼやける。

嫌な予感が頭をかすめた。

カイザは巧に連絡を取った。

――死ぬのはごめんだ……どんな手を使っても――

ここで死んだら、今までなんのために生きてきたのか分からない。

いじめられっ子だった雅人はベルトを手にした時、初めて生きる喜びを感じた。

初めて自分の力を信じることができた。

カイザの力があれば、どんなものでも手に入れることができる、そう思った。

ベルトを手に入れて、ようやく雅人の人生は輝き始めたのだ。

――だが、まだだ――

と雅人は思った。

これからなんだ、おれの人生は。おれはまだなにも手にいれちゃいない。

剣と楯を投げ捨て、ホースオルフェノクはガッとカイザの首を掴《つか》んだ。その体を頭上高く持ち上げていく。

神に生贄《いけにえ》を捧げる儀式の始まりのようだった。

ホースオルフェノクはカイザの腰のベルトをむしり取り、握り潰《つぶ》した。

カイザの体が雅人の姿に戻っていく。握られている首に激痛が走った。

が、のどが潰れて声が出せない。

――おれは誰なんだ？――

と雅人は思った。

これはおれじゃない。こんなおれが、おれであるはずがない。

ホースオルフェノクは雅人の右足を引きちぎった。

なんの痛みも感じなかった。

——これはおれじゃない——
雅人の胸の奥が痙攣《けいれん》を始めた。治ったはずの喘息《ぜんそく》の発作が再発したのだ。
だが、のどが潰されているせいで、咳をすることもできない。
ホースオルフェノクは雅人の下顎《したあご》を引きちぎった。
だらっと、赤いよだれかけのように血が流れる。
雅人は急速に子供時代に戻っていく自分を感じた。
流星塾でいじめられていた頃の自分、なにもできずに泣いてばかりいた自分。
雅人はそんな子供の頃に戻っていった。

「草加君！」
真理の声が聞こえてきた。
巧と真理、二台のバイクが到着したのだ。
真理の姿を見て、雅人はほっと胸をなで下ろした。
もうだいじょうぶだ。きっと、まりちゃんがたすけてくれる。
いつものように、ぼくの手をにぎって、たすけてくれる。
雅人は真理に向かって手を伸ばした。
ホースオルフェノクは何のためらいもなくその腕を引き抜き、握り潰した。
真理の悲鳴にギロッとホースオルフェノクが振り返った。

「お前……木場か！」

巧が言う。

巧にも真理にも目の前の光景が信じられない。

ホースオルフェノクは道路の向こうの崖下に、まるで紙屑《かみくず》を投げ捨てるかのように雅人の残骸を放り投げた。

「草加君！」

だが、次の瞬間、巧と真理の体が宙を飛んだ。

ホースオルフェノクが襲いかかってきたのだ。

前足を振り上げ、ホースオルフェノクが襲いかかってきたのだ。

激しく地面に叩《たた》きつけられ、真理は足が痺《しび》れて動けなくなった。

ホースオルフェノクが近づいてくる。

「やめて、木場さん……木場さん……」

だが、真理の言葉は届かない。

勇治はなにも聞こえず、なにも見えない闇の中に埋没していた。

巧が真理を庇《かば》って駆け込んでくる。そしてベルトを装着し、変身した。

「変身！」

ホースオルフェノクはファイズを狙って前足を上げた。

地面を転がって逃げるファイズを追い、何度も鋭い蹄《ひづめ》が振り下ろされる。

そのたびに深い亀裂が地面を走った。

ファイズは素早く起き上がると、瞬間的に剣を抜き、ホースオルフェノクに立ち向かった。

だが、ホースオルフェノクの力はファイズの能力を超えていた。

光の剣もファイズショットによるパンチも全て弾き返され通用しない。

必殺のキック、クリムゾンスマッシュをファイズは放った。

ホースオルフェノクの額の角《つの》が一気に伸び、その必殺技を叩き潰す。

ホースオルフェノクはファイズの首を摑み、高々と頭上に持ち上げた。

「巧！」

思わず真理は叫んだ。

カイザの時と同じだ。

ホースオルフェノクはファイズのベルトをむしり取り、握り潰した。

変身が解け、ファイズが巧の姿に戻っていく。

「巧！」

もう一度、真理は叫んだ。

体を引き裂かれる巧の姿が、嫌でも頭に思い浮かぶ。

その時、崖下からの突風が砂ぼこりを上げた。

凄《すさ》まじい砂塵が舞い上がり、思わず真理は顔を背けた。

巧の姿が消えていた。

ホースオルフェノクが持ち上げているのは巧ではない——見たこともない、狼タイプのオルフェノクだった。

ウルフオルフェノクは鋭い牙を立て、ホースオルフェノクの手から逃れた。

真理の目の前で二体のオルフェノクが咆哮《ほうこう》を上げ、互いの急所を狙って襲いかかった。

ウルフオルフェノクは素早い動きでホースオルフェノクを翻弄《ほんろう》した。

ガッと相手の首筋に牙を立てた。

雄叫びを上げ、ホースオルフェノクは何度も激しく首を振った。

それでもウルフオルフェノクは放さない。

ホースオルフェノクはさらに激しく首を振り、ウルフオルフェノクの体をガッと岩肌に叩きつけた。

激しい衝撃がウルフオルフェノクの全身を走った。

嚙《か》みついていた首筋の肉が引きちぎれ、ウルフオルフェノクの体が地面を転がる。

ホースオルフェノクの角が槍のように突き出された。

ウルフオルフェノクは咄嗟《とっさ》に、落ちていた剣を掴んだ。

ホースオルフェノクの魔剣だった。

ウルフオルフェノクは風の速さで襲いかかり、巨大な魔剣がホースオルフェノクの心臓を捕らえた。

その刀身が深々と敵の体に沈んでいく。

心臓を切り裂き、背骨を砕き、一気に巨大な体を貫いていく。

勇治は青い炎を見つめていた。

自分の体から燃え上がった炎が視界いっぱいに広がっている。

瞼《まぶた》が燃え落ち、目を閉じることもできなかった。

少しずつ体が灰になっていくのを勇治は感じた。

痛みもなければ、絶望もない。

体が灰になるに従って、自分の上にのしかかっていたなにか重いものが、少しずつ軽くなっていくような気がした。

その重りが完全に消えてしまえば、自由になれるかもしれないと思った。

再び光が差し込み、闇の中から抜け出せるかもしれないと思った。

さらに勇治の体は軽くなった。

――そうだ……これでいいんだ……――

ふわりと勇治は宙に浮いた。

灰になった勇治の体は風に乗り、一筋の道のように遠く空の彼方へ流れ続けた。

巧は真理を背負って歩き始めた。
全身が痺れて、真理は立つこともできなかった。
頭の芯までが痺れていた。
全てが夢の中の出来事のように感じられる。
初めて自分の人生を呪《のろ》いたくなった。
だが、呪う気力も残ってはいない。
真理は、無になりたいと思った。
五感の全てを断ち切りたかった。
そうすればなにも感じないで済む。
なにも思わないで済む。
だが、真理は巧の背中に顔を埋めながら、かすかな鼓動を頰《ほお》に感じた。
巧の鼓動だ。
それはひどく懐かしいもの——真理がずっと昔に感じた鼓動と同じだった。
真理はあの少年のことを思い出した。
両親を失った火事の現場から真理を救い出してくれた不思議な少年。
あの時も少年に背負われ、真理は鼓動を聞いていた。
今、真理が頰に感じている、優しく力強い鼓動と全く同じ音を聞いていた。

――そうか……巧だったんだね……――

真理は薄れゆく意識の中で過去に飛んだ。

少年の姿に戻った巧が、幼い真理を背負っていた。

炎と煙の中で、真理は少年の鼓動が止まるのを感じた。

鼓動が止まり、真理を背負ったまま少年の体が動かなくなる。

――そうだったね、思い出した。巧はずっと昔に死んでいたんだ――

私を助けるために、ずっと昔に……。

# エピローグ

真理は雪が嫌いだった。

特にクリスマスに降る雪が。

だから、クリスマスの街を巧と一緒に歩きながら、真理は今日一日天気がもちますようにと願っていた。

「おい、なにボケッとしてんだよ。とっとと歩け」

立ち止まって空を見上げた真理に巧が言う。

「分かってるわよ、もう。ホントに口が悪いんだから」

真理は小走りで巧の後を追いかけた。

これからクリスマスツリーの飾り付けを買いにおもちゃ屋まで行かなければならない。

一週間程前にツリーの飾り付けは終わっていたが、啓太郎と直也が今日になってもっと派手にしようと言い出したのだ。

もっとピカピカでギラギラにしたほうが勇介が喜ぶ、と言う。

勇介の名前を出されては真理も反対できなかった。

巧だってそうだ。

みんな勇介に弱いのだ。

直也が赤ん坊を抱えて、突然、菊池クリーニング店に現れてからもう二ヵ月になる。

「見ろ、おれ様のガキだ。かわいいだろ？　今日から一緒にここで暮らしてやるから、ありがたく思え」
そう言って直也はずかずかと家に上がり込んだ。
最初はびっくりしたものの、結局啓太郎はこのふたりを受け入れた。
なにしろ、啓太郎の夢は世界中の人々を幸せにすることなのだ。
きっとどんな凶悪な犯罪者が押しかけてきても、啓太郎は断らないに違いない。
赤ん坊の名前を尋《たず》ねると、勇介とだけ直也は答えた。
誰も勇介が直也の子供だとは信じなかった。
それにしては、かわいすぎる。
真理は最初、勇介が啓太郎にばかり懐《なつ》くので、なんだか気分が悪かった。
ヤキモチを焼いて、つまらないいじわるを啓太郎にした。
だがそんなことの通用する相手ではない。
啓太郎は平気な顔で勇介の愛情を独占していた。
啓太郎も勇介を可愛がった。
まるで、自分の子供みたいに。
街はクリスマスの飾り付けで溢《あふ》れていた。
あちこちからクリスマスソングが聞こえてくる。

何人ものサンタクロースがチラシを配り、大声で店の宣伝を繰り返している。

ふと真理は、小さな楽器店の前で立ち止まった。

ショーウィンドウに飾られた、木目の美しいクラシックギターが目にとまったのだ。

真理は歩き去ろうとする巧を引き止めて、にっこりと笑った。

「ねぇねぇ、ちょっとちょっと」

「なんだよ」

「ほら、私からのクリスマスプレゼント」

ショーウィンドウのギターを指さして言った。

「いらん」

逃げようとする巧を、真理は強引に店の中に引っ張り込んだ。


菊池クリーニング店にもクリスマスソングが流れていた。

ラジカセからの音楽を聞きながら、啓太郎は勇介を膝《ひざ》に乗せ、クレヨンで絵を描いているところだった。

テーブルにはクリスマスの特別料理が並べられ、すっかり準備が整っている。

後は巧と真理が帰ってくれば完璧だった。

全員揃《そろ》っての楽しいパーティが始まるはずだ。

先程、直也は一刻も早く勇介の喜ぶ顔が見たくなって、買っておいたプレゼントを開けてしまった。

ゴムでできた怪獣のマスクだった。

「ほれ、勇介、すげぇだろ？　かぶってみろ」

だが、勇介は泣きながら抵抗し、怪獣のマスクを直也の顔に叩《たた》きつけた。

「ちゅーか、なんだ、その態度は。父親に向かって」

「誰が父親だって？　それ、誰も信じてないから」

勇介を抱きながら啓太郎が言う。

そして泣き続ける勇介のために、啓太郎はクレヨンで絵を描き始めた。

そうするとどんなに機嫌が悪くても、勇介は必ず泣きやむのだった。

啓太郎は車や飛行機の絵を描き、最後に結花の似顔絵を描いた。

自分のいちばん大切な人のことを、勇介にも教えるために。

勇介はにこにこと笑いながら、いつまでも結花の顔を見つめていた。

沙耶は小さなツリーをテーブルに置いた。

あまり飾り付けのない、ほとんど裸のクリスマスツリーだった。

「メリークリスマス、雅人」

沙耶は暗がりのベッドに向かって声をかけた。

ベッドの上で、もぞもぞと人間の形を失った雅人が動いていた。

「どうしたの、雅人？　なにも心配することはないのよ」

沙耶はもがき続ける雅人の体を胸に抱いた。

「私が守ってあげるから。ずっと……ずっと……」

ひとつだけ飾られた小さな明かりが、ツリーの枝先で光っていた。


「なにもそんなに怒る事ないじゃん」

ギターを抱え、真理は巧の背後から声をかけた。

「いらないって言ってるのに、なんでそんなもん買うんだよ」

不機嫌さを露骨に表して、巧はすたすたと歩いていく。

「だからプレゼントだって。今日はクリスマスなんだし、みんなの前で弾いてみようよ。きっと勇介も喜ぶって」

「嫌だね」

相変わらず、頑固な奴だ。

真理はふと立ち止まり、声を上げた。

「もういいじゃない、巧」

「いいって、なにが？」

「もうみんな知ってるよ、巧がどんな奴かって。だからもういいじゃない」

巧も立ち止まり、ギターを見つめた。

「あ、もしかして、久しぶりだから自信ないんだ？　だったらとりあえず、私が聴いてあげるからさ」

本当は最初から自分だけのために弾いてほしいと言いたかったが、そんなセリフは恥ずかしすぎる。

それでも巧は、うんと言わない。

「ジャンケンで決めましょ」

最後の手段だった。

「嫌だね」

「あ、逃げるんだ」

「誰が逃げるか」

だが、勝ったのは巧だった。

真理は信じられないといった表情で、自分が出したグーを見つめた。

巧は嬉《うれ》しそうにニヤッと笑った。

それから誰かに呼ばれたように空を見上げ、耳を澄ました。

一瞬、淋《さみ》しげな影が巧の顔を横切っていく。

真理は不思議そうに巧を見つめた。

「いいぜ」

真理を見つめ、巧が言う。

「弾いてやるよ」

いつもの巧の顔に戻っていた。


公園のベンチに巧と真理は並んで座った。

巧がギターケースを膝の上に乗せ、蓋《ふた》を開ける。

それからギターケースを取り出し、チューニングを始めた。

六本の弦を弾《はじ》いてはペグを回す。

そしてまた弦を弾く。

巧の指がネックの上を走り、メロディが流れた。

優しく力強いメロディ。

真理は目を閉じ、内側にしみ込んでくる音を聴いた。

メロディの流れは真理を乗せて、どこかに運んでいってくれるようだった。

穏やかな暖かい場所、澄みきった空気の美しい場所。

突然音が乱れ、演奏が止んだ。
真理は公園のベンチに連れ戻され、目を開いた。
弦を離した巧の指からさらさらと灰が流れていた。
巧は目を閉じ、動かない。
真理は沙耶の言葉を思い出した。
――オルフェノクの命は長くないの――
「巧！」
真理は呼びかけながら巧の指を強く握った。
その力がかろうじて灰の流れを押しとどめた。
巧のうなだれた首が真理の肩にもたれかかる。
真理は巧の肩を抱き、立ち上がった。
――だめだよ巧！　死んじゃだめだ！　――
真理は巧の体を支えながら歩き始めた。
子供の頃、巧は真理を背負って助けてくれた。
――だから、今度は私が巧を支えるんだ――
だが、真理はどこに行っていいのか分からなかった。
ただ、歩き続けなければいけないと思った。

進み続けなければいけないと感じた。
真理はあの時の少年と交わした約束、巧と交わした約束を思い出した。
強く生きる。
正しく生きる。
――そうだよ巧、死んじゃだめだ。私はまだ約束を果たしてないんだから――
でも、あの約束を果たすには、一体どうすればいいんだろう。
正しく生きることの意味、強く生きることの意味すら、まだ真理には分からない。
だが、必ず答えを見つけてやると真理は思った。
それが巧との約束なのだから。
いつの間にか雪が降り始めていた。
巧の瞼《まぶた》の上に雪が落ちた。
巧の瞼がかすかに開いた。
降り続く雪が巧の瞳《ひとみ》に映っている。
生まれて初めて真理は雪を美しいと思った。

五年後

このところ真理は機嫌が悪い。

いつも心の奥が苛立《いらだ》っていて落ちつかない。そしてまたそんな自分にいらいらするので、いらいらの堂々巡りになってしまう。

そんな状態だとなにをしてもうまくいかずちょっとしたミスを犯す。

今朝もキャベツの千切りを作っている時に包丁で指先を切ってしまった。

その上絆創膏《ばんそうこう》を貼ろうとしたら他の指にくっついてしまいぐちゃぐちゃになって、

「もうやだ！」

と思わず叫んだ。

大体、美容師にとっていちばん大事な指先を切るなんてあってはならない事だ。

プロとして失格である。

真理は二年前から美容師として家からバイクで三〇分ほどの瀟洒《しょうしゃ》な美容室で働いていた。

ようやく夢が叶《かな》ったというのに今の真理に喜びはない。

つい先日もカットの最中にお客が雑誌を読んでいて頁を捲《めく》るたびに頭を動かすので思わず怒鳴りつけてしまった。

いらいらの原因ははっきりとしていた。

勇介のせいだ。

真理は勇介をどう扱っていいのか分からなくなっていた。

つい半年前まで勇介は普通の子供だった。

いや、普通よりもずっと可愛らしくて賢かった。

それがここ半年の間に勇介は急激な成長を遂げた。

まだ五歳のはずなのに高校生ぐらいに見える。

そんな勇介を、真理はどう扱っていいのか分からない。

どう見ても尋常ではない事態である。

真理の中にある可能性が浮かび、やがて確信に変わった。

勇介は普通の人間ではない。

オルフェノクと人間の間にできた子供ではないのか？

本当なら勇介を連れてきた直也に問いただすのがいちばんなのだが、それができない。

巧や啓太郎に相談する事もできなかった。

今、真理は勇介とふたりだけで暮らしていた。

巧は勇介を迎えての初めてのあのクリスマスが終わって三日後に姿を消した。

「おい、真理、口にご飯粒がついてるぞ」

それが巧の最後の言葉だった。

巧と真理と啓太郎と直也と勇介と、みんなで朝食を食べている時に巧は真理を見つめてそう言った。

朝食が終わると巧はみんなの食器を台所で洗い始めた。

洗い終わった食器をきちんと戸棚に戻し、気がつくと、巧は姿を消していた。

嫌な胸騒ぎを感じて真理は家中を捜し回った。

玄関ドアが開けっ放しになっていて巧の靴が消えていた。

真理がクリスマスに贈ったギターを自室に残したまま、巧は帰ってこなかった。

それから間もなくして直也が消えた。

あれほど馬鹿でエッチで明るかった直也がある日突然無口になった。

家から一歩も出なくなり、窓から空ばかり見つめていた。

「どっか具合でも悪い？」

心配になった真理と啓太郎が訊《たず》ねても曖昧《あいまい》に笑うだけで応えない。

一週間ほど空を見つめ続けた後、直也はフッといなくなった。

「ご飯だよ、直也」

真理が呼びに行っても返事がないので部屋のドアを開けてみると開け放たれた窓からの風がただ机の上のマンガ本のページだけを捲《めく》っていた。

啓太郎が家を出たのはおよそ一年前だった。

啓太郎の場合は少なくとも理由が分かっている分だけ巧や直也よりはマシだった。

啓太郎の両親はもう何年も前からアフリカでクリーニング屋を営んでいた。

ほとんどタダみたいな料金で啓太郎の両親はアフリカで洗濯物を洗い続けていて、啓太郎の世界中の洗濯物をきれいにするという夢も両親譲りのものだった。

その父親が倒れた。

病気なら日本に帰ってくればいいものを、父親はおれの夢はそんなに弱いものじゃないとアフリカでのクリーニング屋を続け、そこで母親から啓太郎に連絡があった。

もちろん、啓太郎を呼んで仕事を手伝わせるためである。

迷った末に啓太郎はアフリカに旅立った。

旅立ちを決めてから実際に家を出るまでの数日間、啓太郎はずっと勇介を抱きしめてめそめそしていた。

誰よりも啓太郎に懐いていた勇介と別れるのは、啓太郎にとっても断腸《だんちょう》の想いだったに違いない。

しまいには勇介をアフリカに連れていくと言いだして真理と激しい口論になった。

それはあなたのわがままであって勇介のためを思っての事ではないと真理は啓太郎を非難した。

折れたのは啓太郎のほうだった。

ただし、啓太郎は勇介を日本に置いていくにあたってかなり奇妙な条件を出した。

日々、勇介が出す洗濯物をアフリカに送ってほしいと言うのである。

真理はすぐにその条件の意味を理解した。

たとえ離れ離れになっても勇介の衣服は自分の手で洗いたい、そう啓太郎は言っているのだ。

面倒と言えば面倒だったが、真理は啓太郎の提案を受け入れた。

真理は時々、ひとりきりの時、巧が残していったギターを弾いた。

あのクリスマスの日、巧が真理のために弾いてくれたメロディを思い出して一音一音不器用に弾いた。

ギターを弾きながら真理は巧の事を思い出した。

直也の事を、啓太郎の事を、みんなで過ごした楽しかった日々を追憶した。

みんなで寄り添うように暮らした、暖かい時間を懐かしんだ。

そうして最後には急速な成長を続ける勇介の事を思って不安に震えた。

ねぇ、教えて、巧、私は勇介をどう育てればいいの？

ほんの半年前まで勇介はごく普通の子供だった。

それがある日突然急激な成長を始めた。

真理はほとんど一週間ごとに洋服を買い換えたりサイズを直したりしなければならなかった。

当然、啓太郎に送る洗濯物のサイズも大きくなっていく。

さぞかし啓太郎も心配しているだろうと思って連絡を取りたかったがアフリカの中でも相当の田舎にいるようで思うようにいかない。

久しぶりに向こうから連絡があって事情を説明すると、

「それはさ、成長期って奴だよ。心配ないって」

などと言って喜んでいる。

真理は開いた口が塞がらなかった。

「馬鹿」真理は怒鳴った。「一ヵ月に二〇センチも背が伸びる成長期って何よ。あり得ないから」

それでも啓太郎は成長期だ、心配ない、早く大きくなった勇介に会いたい、などと喜んでいるので、真理は「馬鹿」ともう一度怒鳴って電話を切った。

元々脳天気なところのある啓太郎だったが、アフリカに渡って頭のネジがまた何本か外れたに違いない。

勇介には近所に同じ歳ぐらいの友達が何人かいたが、ある日、近所の公園の砂場で友達と遊ぶ勇介を見て真理は外出を禁止した。

明らかに違和感があったからだ。

どう見ても同じ歳には見えない。近所のお兄さんが子供たちと遊んでやっているようだった。

友人たちも勇介を不思議なものを見るようにおそるおそる接していた。

真理はオルフェノク対策委員会の事が心配だった。

この五年の間に政府はオルフェノクの存在を公表し、オルフェノク対策委員会の設立を宣言していた。

オルフェノク対策委員会の目的は当然オルフェノクの殲滅《せんめつ》にあり、その活動は委員会の多岐にわたる調査と一般市民からの通報に頼っていた。

それによってオルフェノクが特定されるとカイザが出動してオルフェノクを倒すのである。

今やカイザは大量生産され、その活躍は目ざましい成果を上げていた。

まるで中世の魔女狩りのようだった。

市民の通報により少しでも怪しいと思われる人物は委員会に連行され、あるいはカイザによって殺された。

真理は勇介が委員会に通報される事を恐れた。だから外出を禁止した。

肉体的にほとんど成人にまで達した勇介だったが、精神年齢は五歳児と大して変わらなかった。

それがまた真理を戸惑わせた。

勇介はいつも真理に甘えたがった。

絵本を読んでくれと言い、ゲームをしようと言い、夜は真理に抱かれて眠る事を望んだ。

本心を言えば、真理は勇介の身が心配であったが、同時に勇介を恐れるようになっていた。

勇介がオルフェノクの血を引いているのはまず間違いない。

だとすればいつオルフェノクに変貌するか分からない。いつ人間の心を失って襲いかかってくるか分からない。

真理はオルフェノクというものが恐ろしかった。

勇介は勇介だと言い聞かせても無駄な努力だった。理屈抜きにただ恐ろしい。

真理は勇介への愛と恐怖の間で引き裂かれそうになっていた。

勇介は以前啓太郎が使っていた部屋に閉じこもってカーテンの隙間から外の景色を見つめていた。

空を流れ刻々と形を変える雲の様子が面白い。

青空が夕焼けに染まっていく風景や木々の佇《たたず》まいを眺めていると時間を忘れた。

優しかった真理が急に冷たくなった事に勇介は傷つき、悩んでいた。

なにか真理の気に障るような事をしたのだろうか？

いくら考えても心当たりがない。

真理はそれでも努めて勇介に笑顔を向ける時もあったが笑顔の質が以前とは違う。それは笑顔であって笑顔ではない。喜びや優しさ以外の、なにか別の感情が込められている。


勇介は外出を禁じた真理の言いつけを、なるべく守るように心がけた。

真理の言葉に逆らって、これ以上真理に嫌われたくない。

窓外の景色を眺める事を除けば、勇介が家でする事と言えば本を読む事ぐらいだった。

勇介は手当たり次第に様々な分野の本を読んだ。

マンガや絵本はすぐに卒業し、歴史を学び、科学を学んだ。

年齢はまだ五歳だったが、その頭脳はすでに天才的な理解力を示していた。

数えきれない程の本を読破し、勇介はひどく単純な感想を得た。

人類というのはひどく愚かなものである――そう思った。

勇介には自分は普通の人間とは違うというはっきりとした自覚があった。

その自覚は絶対に真理には言えないひとつの秘密につながっていた。

真理や啓太郎に対して、勇介は自分の両親について訊《たず》ねた事は一度もなかった。

ただ、ぼんやりと、自分は真理や啓太郎や巧や直也、みんなの子供なのだと思っていた。

それが、急激な成長が始まった半年ほど前から母の声が聞こえるようになった。

最初、その声は勇介が夜、眠りに落ちるか落ちないかの時に記憶の奥のほうから響いてきた。

勇介は思わずベッドの上で布団をはね上げて飛び起きた。

勇介ははっきりと思い出した。

それは勇介がまだ母の胎内にいた頃に聞いた母の断末魔の悲鳴だった。

勇介は母親である結花がクレインオルフェノクとなって何体ものカイザに切り刻まれていくその絶叫を聞いたのだ。

声と同時に勇介は全身に痛みを感じた。

結花のお腹の中にいながら、勇介は結花の悲鳴と共に結花の苦痛をそのまま自分の痛みとして感じたが、今、その痛みが全身を突き刺す激痛となって蘇《よみがえ》った。

真理に知られないように、勇介は自分の内側に向かって絶叫した。

真理は知らなかった。

真理が不在の時、あるいは真理が眠りに落ちている間に勇介は何度もこっそりと外出していた。

勇介が駆けつけるその場所では必ずカイザとオルフェノクが戦っていた。

オルフェノクの苦痛の波動を感じ、その波動を辿《たど》って勇介は戦いの場に現れた。

勇介はオルフェノクを助けたかったわけではない。ただ、カイザを倒したかったのだ。

最初は偶然だった。

真夜中に聞き取った声のような音のようなものに導かれて窓から外に飛び下りて走り出すと、漂う霧の向こうからはっきりと戦いの音が聞こえてきた。

拳が敵を叩く音、獣のような咆哮《ほうこう》、気合、剣が闇を切る風の音……。

カーテンを開くように霧が晴れると、目の前でカイザとオルフェノクが戦っていた。

カイザが勇介に気づいて振り向くと、自然とバチッと感電するような感覚が勇介の全身に走った。

次の瞬間、勇介は人間でもオルフェノクでもない何者かに変身した。

イエローダイヤモンドのように皮膚が硬質化透明化し、体内に明かりが灯ったように体中が黄金色に光っている。

目の前の存在をどう判断していいのか分からずにカイザは小首を傾げて勇介を見つめた。

最初に動いたのは勇介だった。

勇介は一気に間合いを詰め、避ける間もなく、その貫手《ぬきて》がカイザの腹部を貫いていた。

自分がなぜオルフェノクではなくカイザを襲ったのか勇介には分からなかった。

ただ、蘇る母親の悲鳴と共に勇介を襲う激痛がそう命じたのだ。

そして事実、カイザを倒すとその痛みが嘘のように消えていくのを勇介は知った。

勇介の行動は、生前の結花と同じだった。

結花の中には結花を産み落とした時に発した母親の狂気のような悲鳴の残響が渦巻いていた。

結花はその悲鳴を消すために殺人を繰り返した。

そうしなければ生きていけない、それはぎりぎりの選択だった。

知らず知らずのうちに、勇介は母親と同じ運命を辿っていたのだ。


その日、勇介は光る人に変身し、二体のカイザと戦っていた。

いつものように勇介がオルフェノクの波動を受信して家を飛び出して戦いの場に到達すると蜘蛛《くも》タイプのオルフェノクが二体のカイザを相手に激闘を繰り広げているところだった。

スパイダーオルフェノクはそのワイヤーのような糸で一体のカイザの動きを封じていたが背後から二体目のカイザの攻撃を受けて大きく吹っ飛んで膝を着いた。

カイザが腰のブレイガンを抜いてとどめを刺そうとした時、勇介がその前に立ち塞がって変身した。

二度三度とブレイガンから放たれるエネルギーを勇介が光る手で握り潰す。

勇介の体がふわりと宙に浮くと、その体内から放たれる金色の光がさらに強烈さを増し勇介は光の矢となってカイザの体を貫通した。

バフンッとカイザの体が内部から爆発し、夜に咲く巨大な花のように青白い炎が立ち昇った。

スパイダーオルフェノクは捕縛したカイザの喉元に牙を立てた。

一瞬のうちに毒液が注入され、カイザの中身が溶けていく。

カイザの首、肩、肘、胴体と、その金属の接合部から溶けた中身が赤黒い液体となって滲《にじ》み出した。

二体のカイザの死を確かめ、スパイダーオルフェノクは変身を解き人間に戻った。

長い前髪の下で暗い瞳が光っている。

「何者だ？　貴様？」

そう言って男は勇介を見つめた。

草加雅人だった。


ホースオルフェノクに手足を引きちぎられ、顎を引き抜かれてゴミのように捨てられた雅人は沙耶によって助けられた。

沙耶はだるまのような雅人をベッドに寝かせ、赤ん坊を育てるように面倒を見た。

食事の世話から下の世話、そして雅人の頭を優しく撫でながら様々な事柄を語りかけた。

季節の移り変わり、今日の出来事、流星塾の思い出……。

雅人は途切れそうな意識の中で、そして一度途切れたら二度と戻ってはこれないだろう意識の中で沙耶の言葉を聞いていた。

沙耶の語る流星塾の思い出を聞きながら雅人は真理を思っていた。

真理は光のようだった。

真理を思う事で、雅人は命を放棄せずにいる勇気を得ていた。

ある日、沙耶が姿を消した。

スプーンで雅人の口に食事を運んでいる時だった。

窓からの風を受けて沙耶の笑顔がすっと崩れた。

その顔が灰になって風に流れて消えていった。

さ　よ　う　な　ら
最後に口がそう動いたようだった。

雅人の前で沙耶は消え、空中に残ったスプーンが床に落ちた。

雅人は身じろぎもできないまま、ひとりベッドの上に残された。

なにかの物体のようにごろんとそこに転がったまま、雅人は糞尿にまみれ、床擦《とこず》れの膿《うみ》が背中を覆った。

喉がからからに渇き、飢えに全身が痙攣《けいれん》した。

一ヵ月が過ぎても、雅人はまだ生きていた。

二ヵ月が経った頃、雅人は体が内側から溶けていくのを感じた。

まるで飢えに苦しむ肉体が、自分自身を消化しているようだった。

急速に体が縮んでいった。

三ヵ月が過ぎると、ベッドの上にあるものはもう雅人とは言えなかった。

それはスズメ蜂の巣を想わせる、奇妙な茶色いなにかだった。

そうなってようやく雅人は死ぬ事ができた。

どれぐらいの時間が経ったのだろう、ふと、雅人は真っ黒に塗り潰された死の世界から帰還した。

今までに感じた事のない活力が雅人を導いているようだった。

雅人の肉体はゆっくりと再生を始めた。

まず、スズメ蜂の巣のようだった肉体の残骸に手足が生え、目が開いた。

ぐにょぐにょとそれは昔日の形を取り戻した。

そうやってオルフェノクの命を受け、雅人はこの世に復活したのだ。

結果的に雅人をカイザから助けたのをきっかけに、勇介は時々雅人と会うようになった。

「何者だ？　貴様？」

そう言う雅人の言葉が勇介の琴線に触れた。

その質問の答えは、勇介がいちばん知りたい事だったからだ。

また、勇介はオルフェノクというものに興味があった。

自分は人間でもなければオルフェノクでもない。逆に言えば人間でもあるしオルフェノクでもある、と言えるのではないか？

貴様は何者だ？　と訊ねながら、だが、雅人は少し前から勇介の存在を知っていた。

オルフェノクとして復活した雅人がいちばん最初にした事は真理に会いに行く事だった。

だが、雅人は真理の前に姿を晒《さら》す事はできなかった。

ホースオルフェノクに無残に弄《もてあそ》ばれた自分が何事もなかったように姿を現せば真理は真相を知るだろう。自分がオルフェノクになったと気づくに違いない。

そう知られるのには躊躇《ためら》いがあった。

真理はオルフェノクである自分を恐れるかもしれない。

また、雅人は自分の奥底から湧き上がる本能のような声が怖かった。

──……殺せ……殺せ……──

その声に飲み込まれて真理を殺してしまうかもしれない自分自身が怖かった。

雅人は陰から真理を見守ることを選んだ。

距離を取っていれば自分の中の声を抑える事ができたし、また、他のオルフェノクから真理を守る事もできる。

真理を見守っているうちに雅人は勇介の存在に気づいた。

巧も啓太郎も直也も姿を消し、代わりに見た事もない若い男が真理と一緒に暮らしている。

雅人は勇介に興味を持った。

伝い来るものから勇介が人間とオルフェノクのハイブリッドだとすぐに分かる。

もしかしたら、と雅人は結花の事を思い出した。

オルフェノクでありながら結花が人間の子供を宿した事は知っていた。

雅人がまだカイザだった頃、貴重なサンプルとして捕獲するはずだったが意外な抵抗にあって殺してしまった。

もしかしたら、あの時の子供が生きていたのかもしれない。

何者だ、貴様？　と訊ねられ、勇介は逆に、

「オルフェノクとはなんなんですか？　人間とはなんなんですか？」

と問い質した。

雅人は唇の端をぐにゃりと歪《ゆが》めた。

そうして心の底でせせら笑った。

なるほど、どうやらこいつは馬鹿者らしい。

雅人はオルフェノクにしか聞こえない波動を送って、勇介の家からそう遠くない公園に

呼び出して話を重ねた。

「人間とは闇だ」

会うたびに雅人は勇介の耳に少しずつ毒を吹き込んでいった。

「お前にも分かっているはずだ。人間は『自分』という闇を抱えている」

その公園の真ん中には樹齢三〇〇年を超えるという巨大な銀杏《いちょう》の木が立っていた。

銀杏の木から舞い落ちた無数の枯れ葉が公園を一面、鮮やかな黄色に染め上げていた。

あちらこちらに落下した銀杏《ぎんなん》の実がむせ返るような発酵臭を発散し、長い間吸い続けているると吐き気を催すほどだった。

「人間は世界を食べ尽くそうとしている。人間は世界を食べながらでなければ生きられない。やがて人間の闇が世界中を覆い尽くす」

「じゃあ、オルフェノクは？」

勇介が訊ねた。

秋の風がかさかさと音を立てて、まるで黄色いさざ波のように枯れ葉を勇介の足元に運んでくる。

「光だ」

と雅人は答えた。

「オルフェノクは人間の闇を切り開く。闇を裂いて光をもたらす」

「じゃあ、ぼくは？」

そう訊ねて勇介は空を見上げた。

澄みきった秋の空を見つめながら、ふと、勇介は啓太郎を想った。

巧と直也の事は勇介が幼かった事もあってよく覚えていなかった。

ただ、どういうわけか時々啓太郎の笑顔が心に浮かんだ。

「それはお前が決める事だ」

と、雅人が答える。

「お前は今、光と闇の中間にいる。お前は夕焼けなのか朝焼けなのか？　闇に向かうのか光に向かうのか。それはお前が決める事だ」

確かにぼくは中途半端だ、と勇介は思った。

夕焼けなのか朝焼けなのか分からない。


「ねぇ、真理さん」

ある日、真理と差し向かいで夕食を食べながら勇介が訊ねた。

「今頃啓太郎さん、どうしてるかな？」

「そりゃあ、あっちで馬鹿みたいに明るく生きてるんじゃない？　あいつの事だから」

「啓太郎さんって、馬鹿なの？」

「まあ、ある意味では。でも悪い意味じゃないのよ」

美容室から帰宅してさっと適当に作った肉野菜炒めを食べながら真理は慌てて付け加えた。

勇介はなんでも言葉の額面通りに受け取る。

変な事は言えない。

「馬鹿みたいに前向きって事かな」

「どうして啓太郎さんはアフリカなんかに行っちゃったのかな。ぼくを嫌いになったのかな」

勇介は食事の途中で箸を置いた。

普段から勇介はあまり食べる事に興味がない。

真理の手料理を食べても感想を言った事は一度もない。

「そんな事ないって」

真理は箸を持った手を振って慌てて勇介の言葉を否定した。

「啓太郎には啓太郎の事情があるんだから。きっとアフリカにいても勇介の事を想ってるよ。その証拠に向こうにいても勇介の洗濯物を洗って送ってくれるじゃない」

「それはそうだけど」

「ぼく、寂しいよ」

勇介はそっとため息をついた。

そう言われて真理は自分が責められているような痛みを感じた。勇介を愛しいと思う気持ちと恐ろしいと思う気持ち、その矛盾を抱えている自分が情けない。

巧だってオルフェノクだったじゃない、と真理は自分に言い聞かせる。そう言い聞かせてまた自己嫌悪に陥る。オルフェノクでありながら巧は誰よりも優しかった。それなのに自分はなぜ巧に接したように勇介を受け入れる事ができないのか。

巧に会いたい、と真理は思った。

真理が勇介の正体をはっきりと知ったのは、美容室での仕事が遅くなり、真夜中近くになってバイクで帰路に就《つ》いた時だった。

突然、地面が激しく揺れ、バイクが横滑りに転倒した。

真理の体がバイクから放り出され、外れたヘルメットが路面を転がる。

地震かな、と思ったが、次の瞬間、周囲の木々を薙《な》ぎ倒し、巨大な象タイプのオルフェノクが出現した。

長い鼻と牙を天に向かって振り上げながら咆哮を上げると、びりびりと震える空気が針のように真理の肌を突き刺した。

地面に腰を落としたまま、真理はエレファントオルフェノクを見上げて身じろぎもできなかった。

エレファントオルフェノクの片方の牙にはすでに殺された人間が突き刺さっていて、その死体がさらさらと灰になって消えていく。

エレファントオルフェノクの咆哮がもう一度響きわたって、そのドラム缶のような足が真理に向かって振り下ろされた。

悲鳴にならない悲鳴を上げて目を閉じた真理が数秒の静寂を感じて目を開けると眼前に勇介の背中が光っていた。

片腕を上げてエレファントオルフェノクの足を受け止めているその体はイエローダイヤモンドのように透き通り内側から金色の光を放っていたが、真理にはすぐにそれが勇介だと分かる。

急激な成長を遂げたとは言え、幼い頃からずっと一緒にお風呂に入り抱いて寝かせてやった勇介である。はっきりと分かる。

勇介はエレファントオルフェノクの腹部に向けて黄金の拳を叩き込んだ。

バフンッとその衝撃が体を通って背中を突き抜けエレファントオルフェノクは青白い炎の中で灰となって消滅した。

近くを流れる小川のせせらぎが闇の向こうから聞こえてくる。

「大丈夫？　真理さん？」

光る人からいつもの姿に戻って勇介は訊ねた。

勇介はこの時初めて自分の力を誇らしいと思った。真理を助ける事ができたのだから。

勇介は真理を助け起こそうと歩み寄って手を伸ばした。

「……勇介……」

反射的に、真理は立ち上がって後ずさった。

真理が勇介の手を取る事はなかった。


オルフェノク対策委員会のメンバーたちが真理の元を訪れたのはその翌日の事だった。

真理はクリーニング屋を営んでいた頃のカウンターの上に段ボール箱を置いてアフリカに送るために勇介の衣類を詰め込んでいた。

啓太郎がアフリカに渡って以来、菊池クリーニング店はずっと閉鎖したままだった。

巧や啓太郎や直也たちとこの作業場でわいわいがやがやと仕事をしていた頃がひどく懐かしく感じられる。

今朝、朝食を終えてから真理は勇介の髪を切った。

勇介の首に新聞紙を巻き、庭の片隅で鋏《はさみ》を入れた。

勇介が成長してから髪を切ったのは初めてだった。

今までは人に髪の毛を触られるとくすぐったいと言って自分で勝手に切っていたのだが、それが今朝、髪を切らせてと言うと、

「うん」と素直に従った。

真理にしてみればそれがせめてものお詫《わ》びだった。

最初、櫛と鋏を持つ手が微かに震えた。

真理は巧の姿を思い出した。

昔は巧の髪の毛もこうやってよく切ってやったものだった。

「おい、切り過ぎだろ。下手糞だな」

そんな巧の声が蘇《よみがえ》ってきて、真理の手の震えが治まった。

「真理さん、無理しなくてもいいのに」

カットを終えると、勇介はそう言い残して二階の自室に上がっていった。

なんの意味もなかったな。

段ボールに衣類を詰めながら真理は思った。

巧を想って髪を切っても意味がない。

なんのお詫びにもなっていない。

真理が段ボールの梱包を終え、大きくため息をついた時、玄関チャイムが鳴り、ドアを開けると同じようにグレイのジャケットに白い開襟シャツを着た三人の男が立っていた。

オルフェノク対策委員会だと自己紹介する男たちを真理はリビングに迎え入れた。とても大事な話があると言う。

すぐに真理は嫌な予感を抱いたが、男たちの話は真理の予感の正しさを証明するような内容だった。

オルフェノク対策委員会は勇介の存在を把握《はあく》していた。

男たちが言うには真理の想像通り勇介は人間とオルフェノクのハイブリッドで極めて貴重な存在だと言う。

「それはどういう意味ですか?」

訊ねながら真理は男たちの首筋を見つめていた。

三人の男の首にはまるでピアスのように大粒の真珠のようなものが光っている。

真理はオルフェノク対策委員会の執行人についての噂話を思い出した。

執行人たちはカイザに変身する事ができるが、その力を十分に引き出すために血液の三分の二を特別なエネルギー溶液に入れ換えているという。

そのせいで執行人たちの血は赤くない。

原油のように黒いという。

勇介は人間とオルフェノクの橋渡しをするような存在になるかもしれない、と男たちは説明した。

今までにもオルフェノクと人間の間の子供は何件か前例があった、と男たちは説明を続けて真理を驚かせた。

だが、そういったハイブリッドは生命力がうまく固定されず、この世に生まれ落ちた瞬間に死んでしまった。

その意味でも勇介の存在は貴重であると、男たちは語った。

「お分かりですね。是非、勇介君を我々に引き渡してほしいのです」

真理の想像通り、それが男たちの結論だった。

いつの間にか、リビングの入り口に立って勇介が男たちの話を聞いていた。

「そのほうが君のためにもいいと思う」

男たちは勇介に向き直って説得を始めた。

「もちろん悪いようにはしない。君は人類の希望になるかもしれない大切な命だ。今のままでは君はそう長くは生きられないかもしれない。だが、我々の施設に来ればいろいろな可能性が開けるだろう」

そう言われて勇介は真理を見つめた。

「真理さんにお任せします」

勇介の視線が殴打《おうだ》のように痛い。

だが、真理はなんと答えればいいのか分からなかった。

ここで勇介を渡す事が、どういう形かは知らないがオルフェノク問題の解決に繋《つな》がるならそれはもちろん有意義な事に違いない。それに、委員会が勇介の命を守ってくれるというのなら……。

「分かりました。一緒に行きます」

真理の返事を待つ事なく勇介が言う。

真理がなにも言えない事が勇介にしてみれば真理が出した答えだった。

片手に黒いビニールの手袋をはめた男のひとりが勇介の手首を握りしめた。

手を離すと、手袋から剝がれたビニールが勇介の手首に残っている。

そのビニールがジュッと液体となって肌に染み込み一瞬、勇介はめまいを感じた。

「なにをしたんですか？」

真理が叫ぶように訊ねると、

「心配ありませんよ。まあ心の安定剤のようなものです」

と、男が答える。

男たちは両脇から勇介を支えるようにして姿を消した。

真理は呆然と立ち尽くしていた。

勇介はどこに連れていかれるのか、面会するにはどうすればいいのか、大事な事を聞くのを忘れていた事にようやく気づいた。

それでもこれでいいんだと言い聞かせた。

言い聞かせる以外にどうしようもない。

これでいい。勇介のためだ。人類のためだ。

その時、ふと、真理は顔を上げて耳を澄ませた。

どこからかギターの音が聞こえてくる。

あれは、と思った。間違いない。

巧のギターだ。

真理は階段を駆け上がって巧の部屋に走り込んだ。

「巧？」

だが、そこに巧の姿はない。

開け放たれた窓からの風が壁に立てかけられたギターの弦を鳴らしているだけだった。

その風の気ままな演奏が巧が昔弾いてくれたあのメロディのように感じられたに過ぎない。

それでも真理はそこに巧の声を聞いたように思った。

真理は巧との約束を思い出した。

強く生きる、正しく生きる。

一体自分はいつから巧との約束を忘れてしまったんだろう。人は日々の流れの中で大事な事を忘れてしまう。

約束の意味を忘れてしまう。もしかしたら生きるという事は毎日毎日自分を騙《だま》していくことなのかもしれない。

時間の流れの中に自分を埋葬していくことなのかもしれない。

でも、それじゃだめだ。

真理は家から飛び出し、バイクに跨《また》がってエンジンをかけた。

装甲車のようなオルフェノク対策委員会の専用車の後部座席で、勇介は朦朧《もうろう》とした意識の中にいた。

指先ひとつ動かせない。

まるで体の中に鉛を流し込まれたようだった。

でも、そんな事はどうでもよかった。

このまま自分の体が消えてなくなればいいのに、と勇介は思う。

勇介は自分以外のなにか別のものになりたかった。

つい半年ほど前まで勇介にも近所の友達が何人かいた。

真理に一緒に遊んではだめだと言われてもう会っていなかったが、あの友達の中にひとりいつもみんなにからかわれ、いじめられている少年がいた。

あの少年になりたいと勇介は思った。

誰になにをされてもいつもにこにこと笑っていられるあんなふうな者になりたい。

それがだめなら虫でもいい。昔捕まえた名前の分からない甲虫を、勇介は友達と一緒に足を引き抜き羽をちぎった。

あの虫になりたい。

それがだめなら風でもいい。ばらばらになった虫の死骸をすっとどこかに運んでいった風でもいい。

不意に車がブレーキをかけ、座席の上で勇介の体がガクンと揺れた。

真理がなにかを叫んでいる。

男たちが次々と車外に降りる気配がする。

「お願いです！　勇介を返してください」

「やれやれ。困った人だ」

すがりつくような真理の懇願に、男たちは肩をすくめた。

「急に良心の呵責《かしゃく》を覚えたというわけですか」

真理はただ、勇介を返してください、と繰り返した。

勇介の名前を呼びながら車のドアを開けようとする。

男のひとりがそんな真理の首を掴《つか》み、道路の脇に放り投げた。
まるでうるさい猫を投げ捨てるようだった。
次の瞬間、男たちの顔が金色に染まった。
車のドアの隙間から金色の光が放射状に漏れ、男たちが振り向くと、溶けた車の中から
ズシッと勇介が現れる。
勇介は光る人に変身していた。
「それが貴様の正体か」
男たちは一斉にカイザに変身した。
勇介は記憶の底で響き続ける結花の悲鳴を聞いていた。
死の瞬間、結花が感じた苦痛がそのまま蘇って勇介を襲い、憎悪を煽《あお》る。
「だめ！　勇介！」
真理の叫びも勇介の耳には届かない。
三体のカイザは攻撃する間もなく機能を止めた。
それぞれが勇介の拳と肘と膝を受け、爆発したカイザの破片と同時に真っ黒い血が飛散
した。
勇介は首を回して真理を見つめた。
カイザの黒い血が点々と飛び散ったその白い顔にゆっくりと勇介の手が伸びていく。

真理を助けたいのか握り潰したいのか。

真理は勇介の金色の手を握り締めた。

「ごめんね、勇介」

握り締めた手をそっと自分の頬に押し当てる。

ふと、その手の暖かさが勇介の苦痛を和らげた。

「そいつから離れるんだ、真理！」

そう言われて振り返った真理の目に、見覚えのある姿が飛び込んできた。

「……草加……君？」

自分の目が信じられない。

草加雅人はホースオルフェノクとなった勇治によって殺されたのではなかったか？

混乱した真理の頭にひとつの可能性が浮かび上がった。死んだはずの人間が生きているとすれば答えはひとつしかない。

「やはり闇に落ちたか、勇介」

そう言った次の瞬間に雅人はスパイダーオルフェノクに変身した。

その口から吐き出された太い糸が弾丸のように勇介の体を撃ち抜いていく。

全身に穴を開けて勇介はぐしゃとその場に崩れ落ちた。

勇介！

真理の叫びは声にならなかった。

スパイダーオルフェノクの手が真理の口を塞いでいた。


地面に倒れたまま、勇介は光る血を流し続けた。

真っ暗な意識の中で、勇介はさっき自分の掌を握ってくれた真理の手を求めていた。

真理の手の、その力と熱を求めていた。

闇の中で、真理の手が手招きをするようにゆらゆらと揺れ、勇介はその手を求めて走り続けた。

自分の奥深くへと走り続けた。

勇介は結花の悲鳴と苦痛を通り抜け、もっと古い記憶の断層に到達した。

すぐに勇介は思い出した。

結花のお腹の中に宿ったばかりの頃、勇介が聞いていた声は悲鳴ではなかった。

勇介は思い出した。

しゃべれなかった結花の、だが、それでも愛する誰かに対する想いが声にならない声になって結花の全身に溢《あふ》れていた。

勇介はその波動に包まれて成長したのだ。

そして相手から与えられる優しい言葉。

その声には聞き覚えがあった。

――ああ、啓太郎さん――

この時、勇介は初めて自分の父親が誰であるかに気がついた。

そして求め続けてきた答えがじつはずっと近くにあった事をようやく知った。

毎週のように啓太郎がアフリカから送り返してくる洗濯物、勇介がいつも身につけていた真っ白い洋服、勇介を包んでいた啓太郎が洗った洗濯物、あれが答えだったのだ。

勇介はゆっくりと立ち上がった。

全身に開いていた弾痕のような穴がいつの間にか消えている。

勇介は真理を探して歩き始めた。


意識を取り戻した時、真理は森の中にいた。

目の前に草加雅人の顔がぼんやりと見え、次第に焦点が合っていく。

「……真理……」

「……草加君……」

再会の喜びはなかった。

真理は自分が置かれている状況を知って慄然《りつぜん》と震えた。

木から木へ、巨大なクモの巣が張られている。

まるで十字架に磔《はりつけ》にされたように真理はそのクモの巣にからめ捕られ身動きが取れない。

「会いたかったぞ、真理」

そういう雅人は四つん這いになって眼下の地面に貼りついている。

雅人の体には八本の脚が突き出していた。

スパイダーオルフェノクの体に顔だけが雅人のまま残っている。

「真理、お前は子供の頃からおれをずっと守ってくれた。ずっとおれを愛してくれた。だから今度はおれがお前を守ってやる。おれたちはひとつにならなければならない。お前はおれになっておれがお前になる。そうすればおれはお前を守れる。真理、オルフェノクである事がどういう事か分かるか？　痛いんだよ、体が少しずつ腐っていくようで痛いんだ。痛くて気持ちいいんだよ。だからおれを殺してくれ。おれはお前を食い殺す。だからお前はおれをおれの中から殺してくれ。内側からおれを食ってくれ。そうすればひとつになれるから」

そう言って雅人は完全なスパイダーオルフェノクに変身した。

その体がひょいとジャンプしてクモの巣に張り付く。

スパイダーオルフェノクが八本の脚を交互に動かして少しずつ真理に近づいてくる。

「真理さんから離れろ」

その声は光と共に森の中に響き渡った。

トンネル状に生い茂った木々の向こうで勇介の体が光っていた。

「貴様」

スパイダーオルフェノクが勇介に語りかける。

「オルフェノクとして生きるんじゃないのか？」

「違う」勇介が言う。

「ぼくは人間だ」

その言葉に込められた重みを真理は感じた。

勇介はもう五歳の子供ではない。

自分の生き方を自分の意志で決めたのだ。

勇介の足が地面を蹴り、こちらに向かって走ってくる。

真理は森が動いたように思った。

木々の上や木陰から無数のオルフェノクが現れる。

動物型や昆虫型や植物型のオルフェノクが次々に勇介に襲いかかった。

スパイダーオルフェノクがゆっくりと真理に近づいてくる。

勇介の光る拳と足がオルフェノクに向かって放たれる。

そのパンチやキックが光の軌跡を描くたびにオルフェノクたちは絶叫と共に灰となって消滅した。

だが、オルフェノクの数には際限がない。
森全体がオルフェノクの巣になっているようだった。
次々にオルフェノクたちの攻撃を受け、次第に勇介の動きが鈍くなる。
真理に近づきながらスパイダーオルフェノクは無数の牙の生えた口を開けた。
銀色の唾液がネバネバと糸を引いている。
真理は思わず悲鳴を上げた。
「やれやれ。世話のかかる奴だ」
ふと、そんな声を聞いたように思った。
森の一方から、ふらりと誰かが現れる。
その男は、おぼろな影のようだった。
顔が見えない。
「変身!」
男はファイズに変身した。
ファイズを目にして真理に近づくスパイダーオルフェノクの動きが止まった。
スパイダーオルフェノクは猛然とファイズに襲いかかった。
その口から放たれる糸が弾丸のようにファイズに向かって伸びていく。
ファイズは赤く光る剣——ファイズエッジを引き抜いてその糸を切断した。

スパイダーオルフェノクは吐き出す糸の形状を変えた。

ファイズを捕縛しようと投網《とあみ》のような糸を放つ。

ファイズは剣を左右上下に振り回し、投網をバラバラに断ち切ると、その穴から空に向かってジャンプした。

スパイダーオルフェノクがファイズを見上げる。

スパイダーオルフェノクはファイズを叩き落とそうと鞭《むち》のように糸を振るった。

その鞭を弾き返し、ファイズは必殺のキック――クリムゾンスマッシュを天空から放った。

凄まじい衝撃にスパイダーオルフェノクの体が大きく吹っ飛ぶ。

スパイダーオルフェノクが雅人の姿に戻っていく。

「……真理……」

雅人はクモの巣に磔にされたままの真理を求めて腕を伸ばした。

遠い真理の姿が、その手に摑めるほどに小さく見える。

摑んだ、と雅人は思った。

雅人の体が青白い炎に焼き尽くされ、一陣の風に乗って雲の向こうに消えていく。

ファイズはクモの巣を断ち切って真理を救出すると変身を解いた。

おぼろな影のような男には長い間変身していられる力がないようだった。

変身ベルトがガチャリと音を立てて地面に落ちる。

男は真理を背負って歩き始めた。

そんなふたりに向かって無数のオルフェノクが襲いかかった。

勇介がふたりを守るように立ち塞がる。

「変身！」

勇介は手にしたベルトを腰に巻いてファイズに変身した。

ファイズの力を継いだ勇介がオルフェノクたちに向かって飛び込んでいく。

男は真理を背負ったまま一歩一歩歩き続けた。

男が歩くたびに、体から煙のような灰が立ち上っては消えていく。

勇介は変わった、自分の生き方を自分で選んだ、でも、私はどうすればいいんだろう、と真理は思った。

正しく生きる、強く生きる、あの約束を守るためには一体どうすればいいんだろう。

答えなどない、真理に分かっているのはそれだけだった。

答えが出せるような問題ではない。

真理は知っていた。

子供の頃、ホテルの火災に巻き込まれた時、真理は少年に背負われて助けられた。自分はあの頃からなにも変わっていない。

ずっと背負われたまま生きている。

あの背中から、この背中から降りようと真理は思った。
まずはそこから始めよう。
真理は男の背中から滑り落ちるように地面を踏んだ。
木々の間から、何体ものオルフェノクが現れてふたりの前に立ち塞がる。
どうするつもりだ？　巧が訊ねた。
分からない、と真理が答える。
でも、行ける所まで、行ってみようよ。
真理はそっと巧の手を握りしめた。
ふたりは森の向こうの、光を目指して歩き始めた。

完

原作
石ノ森章太郎

著者
井上敏樹

協力
金子博亘

デザイン
出口竜也
（有限会社 竜プロ）

この作品は2004年8月、小社より刊行された
仮面ライダーファイズ正伝 ―異形の花々― に
『五年後』を追補したものです。

井上敏樹 | Toshiki Inoue

1959年埼玉県生まれ。大学在学中に脚本家としてデビュー。

アニメ、特撮の多くのシナリオを手掛ける。

代表作は『ダーティペア』『ギャラクシーエンジェル』『金田一少年の事件簿』『超光戦士シャンゼリオン』『仮面ライダーアギト、555、キバ』その他、多数。

講談社キャラクター文庫 004

小説《しょうせつ》 仮面《かめん》ライダーファイズ

2013年1月31日 第1刷発行
2025年3月19日 第13刷発行

| | |
|---|---|
| 著者 | 井上敏樹《いのうえとしき》 ©Toshiki Inoue |
| 原作 | 石ノ森章太郎《いしのもりしょうたろう》 ©石森プロ・東映 |
| 発行者 | 安永尚人 |
| 発行所 | 株式会社 講談社 |
| | 112-8001 東京都文京区音羽2-12-21 |
| 電話 | 出版 (03) 5395-3491 販売 (03) 5395-3625 |
| | 業務 (03) 5395-3603 |
| デザイン | 有限会社 竜プロ |
| 協力 | 金子博亘 |
| 本文データ制作 | 株式会社ＫＰＳプロダクツ |
| 印刷 | 大日本印刷株式会社 |
| 製本 | 大日本印刷株式会社 |

KODANSHA



ISBN 978-4-06-314854-1 N.D.C.913 270p 15cm
定価はカバーに表示してあります。Printed in Japan